婚約破棄《はき》されまして（笑）5

登場人物紹介
エリーゼ
乙女ゲームの悪役令嬢。
前世は佐藤百合子《さとうゆりこ》という
孤独なアラフォー女性。
チートな魔法を使って
料理に生産に好き勝手
やり放題の毎日。
ルーク
隣国の皇子。
エリーゼと同じく
転生者で前世の記憶を
持っている。
ノエル
ルークの従魔。
甘えん坊の弟キャラ。
タマ
エリーゼの従魔。
しっかりものの性格。
トラジ
エリーゼの従魔。
お料理が得意。

ジム
侯爵家の料理長で
エリーゼの新しい料理に
興味津々。
ハインリッヒ
エリーゼの父。
国の要所を治める
やり手の侯爵。
妻と娘を溺愛している。
フェリシア
エリーゼの母。
娘を優しく見守る。
根っからの甘党。
トール
エリーゼの次兄。
少しチャラい性格で、
妹をこよなく愛する。
キャスバル
エリーゼの長兄。
顔も性格も良く、
完璧なお兄様。
アニス
エリーゼの専属侍女。
なかなかのツワモノで
エリーゼのことが大好き。

目次

二人きりの内緒話

皆こんにちは！　私はエリーゼ・フォン・シュバルツバルト侯爵令嬢、ピチピチの十八歳！

なんと私、学園卒業のお祝いの場で王子様に婚約破棄されたんです！　そして、そのショックのせいか分からないのですが前世を思い出したのです！　ええ、それはもうハッキリ・シッカリ！

でも、王家はブラック企業も真っ青のハードワーク！　これ幸いと婚約破棄を受け入れグッバイ王家！　となった筈でしたが、なぜか、元婚約者の婚姻のお祝いの夜会に行く事になりました。ま、良いんです。それで永遠にバイバイなら……

心残りは元婚約者に友人である令嬢二人が側妃として嫁ぐ事……

私は一人遠く離れた実家の領地で頑張るからね！　と気持ちを新たに日々を過ごすべく領地への旅路についております。

父母は私と一緒に王都で暮らしていました。領地は頼れる長兄キャスバルお兄様と次兄トールお兄様が切り盛りしていたのですが私の婚姻式の為に王都にきていたのです。なのにこの有様（笑）。王都にいる理由が無くなり家族全員で領地に帰る事になりました！　パンパカパーン！

さらにどんな縁なのか隣国である帝国から来た、ルーク皇子が私と一緒に我が領地について来る事に……って私が胃袋をガッチリ掴んだからなんだけどね！　まさかラーメンが決め手になるとはね！

で、旅路でも色々色々あって、可愛いニャンコをテイムしたら正体が土属性の精霊だったり……ずっと私に仕えると誓ってくれた専属侍女のアニスをはじめ王都の邸からついて来てる使用人達、王都民、私兵と領地を目指してます。お祝いの為に来てくれた寄子《よりこ》貴族や仲の良い近くの貴族の皆様も一緒です！

「エリーゼ様、そろそろ外に参りましょう。篝火《かがりび》が点《つ》いて明るく照らされてますよ」

屋外ではやはり篝火が多い。雰囲気出るし、嫌いじゃない。炎の揺らめきが落ち着くから。

「そうね。じゃあ、皆行こっか」

「主といっしょ、うれしいにゃ！」

そうタマが言えば。

「主、てをつなぐにゃ！」

とトラジが言う。おかげで私の両手はタマとトラジで埋まってしまった。私の後ろを歩きクスクス笑うアニスの隣にはヒョイと咥《くわ》えられてヒナの背中に乗ったチュウタローと、ピョコピョコとお尻を振りながら陽気に歩くヒナ。

不思議な程に落ち着く。これが普通で当たり前な気がする。チュウタローも乳に拘《こだわ》らなければ可愛いと思うのに、なんであんなに残念なのか……ヨコシマな奴め。

街長《まちおさ》の屋敷の中庭に急拵《きゅうごしら》えのテーブルが幾つも出され、お父様を始め寄子《よりこ》貴族の方々も旅装のままワインを飲みながら楽しそうに話している。

あちらこちらを見てるうちにルークがノエルとルチルと一緒に食事をしている姿が見えた。ノエルが気付いてルークに何か話しかけると、ルークが慌てて私を見て大きく手を振る。

ルークはとても帝国の皇子様には見えない。でも、嬉しくて大きく手を振り返す。勿論小さな声で「ゴメンね」とタマに断ってから。

タマもトラジもヒナもチュウタローも嬉しそうに駆けていった。

「ずっと仲良しだったから、仕方ないですね」

アニスの一言に苦笑いしてルークと見つめ合う。距離があるのに、なんだか気持ちが通じてるみたい……不思議だわ。

「そうね、仕方ないわね。だって毎朝仲良く集会してたものね」

「そうですね」

チュウタローとルチルの小っちゃくて丸い体がハグする姿はまさに団子のようだ……いや、可愛いんですけどね。

ノエルはニャアニャア泣いてる。うん、ゴメンね。その涙の原因は私だって分かってるから、ちょっと良心が……

ルークに近付き手が届く距離になって、話し掛けようとした瞬間強く……強く手を引かれ抱き締められた。

な……なんで？　なんで？　どうしたの？　好きな人から抱き締められて喜ばない女は居ない。けど急すぎない？

「離れてると不安でたまらない。もう、どうしようもない位心の中にエリーゼが居る。どうしたら俺の気持ちが伝わるんだろう……」

どどど……どうしよう！　ルークの体温と抱き締められて密着する体で！　そんな甘い言葉を耳の中に流し込むように囁かれて頭おかしくなりそう！　私最大のピンチです！　色んな意味で！

「ルルル……ルーク……」

「エリーゼ……エリーゼの全部が好きで独り占めしたい……」

ルークのまるで血を吐く様な呟きになんだか目頭が熱くなる。

こんな風に思われた事、前世でも今世でも無い。

私達はどちらも泣いていた。私の頬に落ちるルークの涙を私は指で拭うとルークは私の涙を啜《すす》った。

「エリーゼ、愛してる。他の誰かじゃない」

「ん……私も……私も愛してる。お願い一人にしないで」

「一人になんて……しないとは約束出来ないかも」

あ……お婿さんになるなら、領主隊に入らなきゃだから。我が家の男性陣は領地を守る精鋭部隊の隊長となるため、領主隊に入らなければならないのだけど、領主隊は遠征に行かないといけない。きっと家族の誰かに聞いたのね。自分の間抜け具合に笑ってしまう。

「そうね。一人っていうのは、そういうことじゃないわ。この婚約を解消したり、私を置いて死んだりしないでって事よ」

ルークは真剣な顔のまま見つめ、額にチュッとキスして優しく微笑んだ。

「約束するよ。婚姻してずっと一緒に居よう」

嬉しい……

「約束よ。ずっと一緒よ。さぁ……そろそろ戻りましょうか、皆が心配しちゃうわ」

ルークはちょっとだけ困った顔で笑った。

「ゴメン、先に戻って貰って良いか？　その……」

「分かったわ。その……あんまり遅くならないでね」

「ああ……」

私は一人四阿《あずまや》から出て、多くの人がいる中庭へ歩き出した。

少しだけフワフワした足取りで戻るとタマ達がこちらに向かって駆けて来た。その姿に気づいて、待ち構える……うん、チュウタローがタマを抜きました。でも、安心して下さい！　ヒナがダッシュして大きい足で鷲掴みにしました。ちょっと浮いてます……ヒナの足での鷲掴みってガチ感凄いですね。

「まってたにゃ！」

「まってたにゃ！」

うん、タマもトラジもゴメンね。それにしても……ヒナの鷲掴みが凄いのかチュウタローの必死さが凄いのか。チュウタローの後ろ足はバタバタ走ってる感が凄いです。前足は助けを求めてるのか、私の胸を求めてるのか上下に振りまくってます。声は……声は出せないようです。

ピュ～イピュウ～～イピュウ～ウ～（何、抜け駆けしようとしてるの？　ん～？）

低い鳴き声のヒナ！　レアです！　じゃなくて！　翻訳おかしくない？　目もおっかない感じになってます。鳥が怒ってる時って怖いよね！　ヒナも怒ると怖いよね！

チュウタローがピクリとも動かなくなりました。プラーンってなりました……肉食の鳥が獲物を捕まえた！　そんな感じです！　カッコイイ！　ヒナ、カッコイイ！

「ヒナ！　ありがとう。咥《くわ》えておいて貰える？」

ピュイッ！　ピュピュ～！　（はいっ！　勿論です！）

返事と共に鷲掴みから解放したけど、チュウタローは動きません。

……ヒナ……チュウタローの頭を丸ごと咥《くわ》えるのは違うと思う。面白いけど。正に捕食され掛かってる姿です。どうしよう……ヒナコンビがコントしてるような気がしてきた……トットットッと近付いて来たヒナコンビから「いくチュウ……ちちにいくチュウ……」とか聞こえた。バカ言ってる。キュッとヒナの嘴《くちばし》が閉じかけるとビクーン！　とチュウタローの体が硬直し「いたいチュッ！　やさしくするチュッ！」と聞こえます。ヒナ、緩めるかな？　と思ったらブンブンとチュウタローを振りました。チュウタローの小っさい叫びが出ました。「わかったチュッ！　ちちにいかないチュッ！」するとやさしく地面に降ろされました。嘴《くちばし》が離れるとチュウタローはヒナに「そんなわけないチュッ！」と言い放ち、その瞬間ヒナに再度鷲掴みされました。

タマとトラジを両腕で抱き締めながら、目の前で繰り広げられるコントを見る。

「バカにゃ……」

「どうしようもないにゃ……」

「ヒナ、力加減凄いわね。本気だったら、チュウタローはとっくに島送りだもの」

タマとトラジがびっくりした顔で私を見ます。

「危なくなると島送りになるのよ。多分タマとトラジも危なくなったら八丈島に飛ぶわよ。ヒナと出会った時だって凄かったでしょう？」

ウンウンと頷く二匹は声を揃えて言いました。

「「さすがヒナにゃ！」」

ピュ～イッ！（ありがとう！）

そうそうヒナは丸鳥と言うダチョウみたいな魔鳥なんだけど、レア種とされてる戦闘力の高い丸鳥。チュウタローは大きいハムスターっぽいけど実は雷属性の精霊です。

一連の会話を聞いていたのか力尽きたのか、動かなくなったチュウタローは無事ヒナの鷲掴みから解放されました。が！　そのまま地べたに蹲《うずくま》り「ちち……ちちにさわりたいチュウ……」と泣いていました。そんなチュウタローを優しく抱き上げ、私を見て頷いた人物が居ました。私も頷き、チュウタローを託しました。

「エリーゼ様、どうか私にお任せを」

そう告げたエリックを笑顔で見送る。達者でな！　チュウタロー！　君の健闘を祈る！

エリックは私の専属騎士隊長なのだけど、とんでもＭ男集団（別名ふんどし隊）の隊長でもある。

変態は変態を呼ぶのか……？

「主……いいのかにゃ？」

「だいじょうぶにゃ？」

タマとトラジの心配はもっともです。ですがっ！　エリックとふんどし隊は同じ八丈島の仲間です。

「大丈夫よ、彼と彼の仲間は島仲間なのよ。仲良くするのは良い事よ」

ピュイッ！　ピュピュ～イピュイ～（ホントッ？　ヒトも島の仲間なのか～）

ヒナが感心したように言うと、タマとトラジもクリクリと丸い目をキラキラさせながらエリックの後ろ姿を見つめる。

「でも、仲良くし過ぎるのは禁物よ。変態だから」

聞き覚えの無い言葉『変態』にグリングリンと私とエリックを交互に見る二匹。

「へんたいってなんにゃ？」

「どういうイミにゃ？」

やっぱ、聞きますよね～（笑）。うーん、どう説明するべきか……フワッとした説明で良いかな？

「そうね、変わり者と言うべきかしら？　きっとチュウタローとは違う意味での変わり者ね」

ニッコリ笑って適当な事を言ってみる。タマもトラジも顔を見合わせ、思い当たる節があるのかウンウンと頷いてニパッと笑った……二匹して。

「わかったにゃ！」

「きをつけるにゃ！」

ピュウ～ピュピュイッピュ～（いまのヒト、ご主人に叩かれたいって叫ぶヒトだよね）

「そうにゃっ！」

「あたりにゃっ！」

……犬め、何処で何を言ってやがる……うちの可愛いニャンコと鳥が汚染されてるじゃないの……クソ……鞭《むち》はご褒美でしかないのがツライ！　放置は放置でご褒美だし！　アレか、ガチのグーパンチが良いのか？　いや、それさえもご褒美になる気がする。私の心が折れそう！　私の代わりにルークに鞭《むち》を振って貰おう……そうしよう……

クイクイと背中が引っ張られた。うん？　振り向いたらノエルとルチルが居ました。ルークが居ないから、私の所に来たのかな？

「ノエル、一緒にルークを待ちましょう」

コクリと頷くノエルはちょっと寂しそうだ。

「ゴメンね。私とルークが二人きりになりたかったから、ほったらかしになっちゃったね」

「ちがうにゃ！　そんなことないにゃ！　ん……でも……」

「いいにゃ！　ボク、わかってるにゃ！」

「え……何が？」

「主はタマにゃたちの主とツガイになるにゃ！　だからいいにゃ！」

番《つがい》……そうですか、そうですね。その表現ですよね。間違って無いです。多分。

タマトラにヒナ、ノエルとルチルコンビとルークを待つ。結構時間掛かってるなぁ……マップで確認して……ぬ？　お父様、なんでルークと二人きりなの？　てか、いつの間に……

「エリーゼ。ちょっと良いかしら？」

あら？　お母様ったら、どうしたのかしら？　立ち上がり、お母様の前に移動する。

「なんですか、お母様」

お母様がちょっと真剣な眼差しです。ドキドキしますね！

「心して聞いて頂戴。領都に着きしだい婚約発表、五月に婚姻式を執《と》り行います。変更は無しです」

領都に着きしだい……あと数日で婚約発表……半年もしたら婚姻……私、ルークのお嫁さんになるの？

「婚姻式のドレスは以前用意した物を着て貰います。急ですが、一刻も早く婚姻する事が良いと私と旦那様の話し合いで決まりました。婚約の発表は寄子《よりこ》貴族が領地に帰る前に行った方がいいですしね。エリーゼ……おめでとう」

急な話だけど、嬉しくて嬉しくて涙が溢れて来る。

お母様がそのまま抱き締めてくれる。お母様のけしからんボディに抱き締められ、ちょっと昇天しかける……お母様、凄いなぁ……離れて行くお母様の体に残念な気持ちが湧くが我慢我慢。

「ルーク殿下には旦那様がお話しします。急ですが、取り急ぎ行わないと先延ばしになる可能性が出て来ました」

先延ばしに？　どうして？

「王都の状況がかなり良くないそうです。お招きする貴族も近くの方や、特に強い結びつきのある方のみ。後は書簡で知らせるに留めます」

王都の状況……そんなに良くないの？　王宮は……

「エリーゼ。そんな不安そうな顔をしないで頂戴。王都に関しては私達には関係無い事が発端となって、行くところまで行ったとしか言いようが無いのです。もっと早く手を打っていればなんとかなったでしょうが。でもエリーゼが気に病む必要はありません。だから、そんな難しい顔をしないで」

お母様が困ったように微笑む。私、そんな不安気な顔をしてたのかしら？

「ごめんなさい、お母様。私、そんなに不安気な顔をしてましたか？　実はアンネローゼ様とミネルバ様が、心配になりましたの」

お母様は納得とばかりに頷く。

「王宮はなんとかなるでしょう。でも苦労する事は変わりません。キンダー侯爵家もロズウェル伯爵家も堅実なお家です。本当に危なくなれば武力で娘を取り返しに行くでしょう」

キンダー侯爵様もロズウェル伯爵様も、武力一辺倒でいらしたなぁ……私兵もそれなりに居たけれど、いざとなったら我が家にも兵士を貸してくれとか言ってきそうだ。

政治的な配慮から、早々に婚約発表して婚姻するんだ……ここで決めないと年単位でずれ込むヤバさだ……きっと……ヘタしたら婚姻自体が無くなる気がする。素直に頷いて、早々に決めよう！

「早く婚姻出来るのは嬉しい事です！　ありがとうございます、お母様！」

よし！　これで、とりあえず問題は無い……かも！

それにしてもアンネローゼ様もミネルバ様も小さい頃からのお付き合いだし、お力添えできる時はやりたいわ。

そうこうしてるうちにルークとお父様がやって来ました。お父様もルークも、ちょっぴり難しいお顔です。

「エリーゼ、話は聞いたかい？」

うん？　そんな緊張するようなお話では無かった筈だけど。コテンと首を傾げてルークを見つめる。

「領都に帰り次第婚約発表して、五月に婚姻式だと聞きましたけど」

「かなり早いが大丈夫なのか？」

なんの確認かしら？　婚姻式の準備としては、王家に嫁ぐためのものがそのまま浮いてるから流用すれば何も問題は無いのだけど。

「ルーク……私、第三王子妃として嫁ぐ準備をしていましたのよ。それも婚姻式は一ヶ月前の予定でした。いったい、何が早いのかしら」

はっ！　とした顔で視線を彷徨《さまよ》わせてます。これは……

「忘れていたの？」

「はい」

ションボリしてます。ワンコのペッタンコになった耳とダラーンと垂れた尻尾が見えるようです。

「とても豪華な品々ですのよ。お父様もお兄様方も私の為に精一杯揃えて下さった品々です。相手がルークになっただけです。とても幸運です。間違えないでね、王家の為に揃えたんじゃない。家族が私の為に揃えて下さったのよ。お母様も細々とした物をタップリと選んで下さったの。とても素敵なのよ。沢山の嫁入り道具を持って、大好きなルークと婚姻出来る私は幸せ者だわ。だから、大丈夫！」

そう……何もかも、私の為に作られた品々。どれもこれも、皆美しく最高級のものばかり。惜しむらくはタオルが発明されてない事か……とりあえず生産関係はお家に戻ってから！　それよりもお腹空いたわ！

「難しい話は後！　それよりも食事にしましょう！　ノエルとルチルは良い子で待ってたわよ。私の所だってタマとトラジとヒナは良い子で待ってたんだから！」

ふん！　と胸を張って言い切る。チュウタローは除外です。

「チュウタローはどうした」

あら？　ちょっと目が剣呑《けんのん》だわよ。

「エリックに連れて行かれたわ。良かったらルークがご褒美をあげてね」

キュルンッ！　と可愛く笑ってみるテスト。ルーク、一瞬でキュンッ！　て眉が寄りました。ダメか……

「大丈夫、私が見ていてあ・げ・る・か・ら！」

「羞恥《しゅうち》プレイかよ……上級者か……」

何か言われましたが、あえてスルーです。

お父様とお母様は二人仲良く食事を取りに行きました。私達も行かないと食いっぱぐれます。

ルークに近付きクイクイと袖を引いて「食べよ」と可愛く言うと、ちょっと照れた顔で「仕方ないな……勝てないよ」と呟いて私の手を取る。

「さあ、ご飯を貰いに行こう。お腹空いたよな」

タマとトラジがノエルと前足つなぎをし、ヒナがルチルを背中に乗せて私達の後に付いてくる。

やっと晩ごはんです。

テーブルは、多くの人で賑わっていた。理由は並べられた料理を見れば一目瞭然でした。

それは旅の間に見知った食べ物ばかり。一緒に旅をした仲間には久しぶりの旅ご飯で、それ以外の者からすれば未知の食事……しかも初めての味。お代わりの為に慌ててやって来る者も居る。

お皿を持ってあれこれ見て、取り分けて貰う。パンにサラダに鳥っぽい肉の照り焼きと盛り盛りに盛って貰う。照り焼きサンドにして食べます。マヨネーズが無いので、ちょっと酸味が足りないけど良いのだ。美味《おい》しければ！

ニャンコ達も私のお皿を見て「いっしょがいいにゃ！」と言ってきたので、三皿全く同じように盛って貰いました。ヒナには後でご飯ボウルを出して果物か野菜をドサッと出す予定です。

ヒナは魔物なので他の子達と同じ物は食べられないのよね。

タマとトラジにお皿を渡してルークを待ってると、ルークも同じようにしてました。ノエルは持てるけど、ルチルにはお皿は難しいのでルークがルチルのお皿を持ってます。

テーブルから離れた場所までゆっくり移動です。ただしルチルはヒナの背に乗って移動です。

「この辺りなら落ち着けそうだな」

遠くでエリック達が円陣を組んでる様ですが、あの中心にチュウタローが居ます。良かったね

チュウタロー、男の人の胸だけど沢山触れて。

手早く照り焼きサンドを作ってハムン！　と齧《かじ》る。うん、甘辛いタレが美味《おい》しく出来てる。

周りを見るとワインを手に照り焼きを幸せそうに食べてる男達や、タレでベタベタになった顔を

母親であろう女達に拭かれている子供達。誰も彼も幸せそうに笑って食べている。

王都から一緒に来たこの人達はもう領民に他ならない。一緒に領都に行き、自分達の望む街なり

なんなりに行って貰う。そこで新しい生活を切り開いて貰いたい。

王都とは空気が違ってホッとする。王都を出て他領の集落を通ったときも、王都ほどじゃないけ

ど少し臭ったりしたもの。

「エリーゼ、思い出し笑いなんてしてどうした？」

ルークが不思議そうに聞いてくる。ノエルとルチルは仲良くルークの足元でサンドを食べている。

まるで小さな兄弟のようでホッコリする。

「王都と街並みが似てるのに、あまり臭くないから帰って来たなぁと思って」

ハッ！　としたルークは何か考えるように指を顎に持って行った。

「シュバルツバルト領はこんな感じなのか？」

「そうよ」

何かしら？

「そうか……凄いな」

何がそうかなのか分からないし、凄いなの意味も分からない。

アムアムハグハグとサンドを頬張り、口の端からタレを溢してるタマとトラジの口の端を手布で拭く。ヒナは白菜とリンゴを食べたいと言ったので、無限収納からボウルに望む分だけ出した。ヒナは夢中で食べてます。わざと白菜の上でリンゴを潰して食べてます。果汁が掛かってヒナ好みの甘い味になるらしいです。そんなこんなでお腹いっぱい食べました。

街長《まちおさ》がお父様に猛烈アタックしてたのを凄いな！ と思って眺めていたらお母様から料理人の修業のお願いだったと聞かされビックリ。

とんでもなく美味だったから、調理方法を習得させたいと言われ困っていたらしいです。街長《まちおさ》がふるまった料理をうちの料理長が断ったのが原因みたい。何をどう断ったのか分かりませんけど。

「塩しかなかった世界に味噌・醤油とガラスープは衝撃だろう。更に砂糖だもんな……別世界のものを持って来たようなもんだからな」

ルークに言われて、そうだ飯テロしてたんだっけとここで自覚！ えー？ ラーメンとから揚げとギョーザ出してない分マシでしょうよと思ったけど言わない。

特に揚げ物はヤバい！　フライドポテトの衝撃は凄まじかった……

「最近フライドポテト食べてないなぁ……」

「そんな話してない！　てか、俺も食べたいわ！」

怒られちゃった（笑）。でも本音言っちゃってます。食べたいよね、フライドポテト！　ほら、お母様がグリンとこっち向いて凝視してますよ。お母様だって食べたいと思うんですよ。だからね……

「領都のお家に帰ったら、フライドポテトを食べましょう。ジャガイモはいっぱい作ってるからね」

（そうだ！　ナビさん、菜種油は作れないのかな？）

〈菜種油用の菜の花を生産しますか？〉

（作れるんだ。じゃあ畑二面で常に作って貰って良い？　揚げ物を食べたいのよね。後、菜種油用の菜の花の種を少し……少しじゃないな。一キロほど収納に送ってくれる？　外でも生産して広めたい）

〈承知致しました。では収穫した後一キロ分収納に回します〉

（ありがとう。よろしくね！）

「やった！」

「約束ですよ、エリーゼ。お母様、から揚げも食べたいわ」

ルークもお母様も凄い食い付きです。これは揚げ物祭り開催だな。お父様もきっと沢山食べたいだろうしね。ふふっ腕を振るうぞ～！

それぞれに楽しい夕食をし、私達は各々の部屋に戻った。

おっはよーございまーす！　朝です！

なんと、タマが腕枕から移動してました。胸の谷間でゴメン寝してるかな？　と思いきや、アンヨはダランと私の体の脇に落っこちてます。尻尾は私の足の間に落ちてます。デコルテに当たるタマの肉球の柔らかさと温かさにホッコリします。仰向けから動けません！　気持ち良い拷問です！

ま、アニスに見られなければ大丈夫……じゃなかった、起きてる！　チラッと見たつもりが目が離せません！　マジです！　マジの凝視です！　アニス！　目が怖い！

「ニャンコなんだから……そんな目で見ない」

とりあえず、小声で言ってみる。

「分かってます。タマちゃんだから我慢してるのです」

漏れてる！　本音が漏れてるから！　なんの我慢なのよ！　もう！　朝っぱらから……でも、この気持ち良い拷問は終了して貰おう。大きさの割りにはびっくりする程軽いけど、身動き取れないのはツラい！　支度して、サロンか何処かで定期便待ちしたいしね！

ヨッ！　と両前足を掴んで肉球をクリクリと撫でる。

「んにゃあ……」

可愛い鳴き声で眠たそうに瞬きしてます！　鼻血出そう！

「タマ、起きて」

ウニャウニャしながら起きました。が、自分の寝場所に気が付いたらしく耳と尻尾がピンッと立ってます。

「ごめんなさいにゃ！　ボク……わざとじゃないにゃ！」

半・泣・き！　あ〜クリクリお目々がウルウルしてきた。うん、わざとじゃ無い事位分かってる。

「大丈夫、分かってるから。さ、起きよう」

そう言ってから、タマの肉球もとい前足から手を離した。そろ〜っと私の上から退いたタマは大きく息を吐き、ネコらしい伸びをグイーンッとするとモソモソモソとベッドの端へ移動する。

毛布の下を移動してるので、塊《かたまり》がモソモソと進む様はちょっと微笑ましい。

「なんだか可愛いですね」

首だけ動かしてアニスを見ると、いつものアニスでした。良かった。

「そうね、私達も起きて支度しましょう。お願いしたい荷物があって、少し早めに出たいのよ」

「はい」

私達も起きてベッドから抜け出し、裸のまま衝立《ついたて》に向かう。

……なんだ？　凄まじい視線？

「何者だ！」

殺気と威圧を飛ばして見た先にいたのはグッタリと籠《かご》から半身を出して気絶しているチュウタローでした。馬鹿め！　自業自得と知れ！

私の殺気と威圧で気絶するとは残念だな！　フハハハハ！

私達はチュウタローをそのままにして支度しました。

部屋を出る時になって、ヒナが強めの嘴《くちばし》突き（連続攻撃）をして起こしヨロヨロのボロボロでヒナの背に乗っけられてました。

そうして、全員で客室を後にしてエントランスホールに近いサロンに向かいました。

サロンにはお父様とお母様と、お母様の侍女達と定期便の隊長がいました。昨日、隙を見て手紙を書いておいて良かった。手紙と共にお菓子の箱を次々と出すと、エミリがお母様の手紙を定期便の隊長に渡す。私の手紙はアニスが隊長に渡してくれた。お菓子は同じなので、手紙を添えて渡すようにとお母様が言い付けると隊長は隊員と去って行った。

「エリーゼ、このバスタの街から次のバウムの街までは小さな集落しか無い」

コクリと頷く。なんとなくだけど、お父様の言いたい事が分かる。

「だから距離と危険度を考慮して、野営地を増設しながら進みたい。幸いエリーゼの作る四阿《あずまや》は大きく丈夫なので、この先も街道利用者の助けとなるだろう。また、これまでは簡易型の魔物除けを使っていたがこの先は強い物を使っていく事にした。構わないか？」

それならバスタからバウム迄二度は野営地で野宿という事か……だが、街道利用者の事を考えれば妥当な線か。

定期便は兵士と頑丈な荷馬車で構成されているが、かなり速く走る。そして早朝から日暮れまで走るらしい。だが、利用者の体力は女子供を基準にしなければならない。小まめに野営地を設営しておけば行商人も使えるか……

「勿論ですわ、お父様。作っておけば誰かしら使うのでしょう。ならば作っておいて損は無いわ。より丈夫な物、大型の魔物が近寄らない物であれば逃げ込む先になるでしょう」

お父様は嬉しそうに顔を緩ませると「そうだな」と小さく呟いた。

バスタからバウム、バウムの先は領都。バウムから領都までの距離はバスタ—バウム間とほぼ同じ距離。最短で四日……いや、五日か……

「エリーゼ、難しい顔しないで」

お母様は心配そうに私を覗き込みながら呟く。私はフルフルと頭を振ってニコリと笑う。

「フフッお母様、心配なさらないで。野営地を作っておけば多くの者が利用するでしょう。避難するにも良いでしょう。何せ我が領は大型の魔物が出る地域ですもの」

お母様はクスリと笑うと「そうね」と呟いた。この先は気を引き締めないとな……

朝食をいただき何事もなく……とは言えないな。料理長が執拗《しつよう》な引き抜きにあってたけど、お父様が滅茶苦茶圧を掛けて断ってました。さすがお父様です。

そんな事がありましたが、なんとか出発です！

馬車の中は私、アニス、タマ、トラジ、ヒナ、チュウタローです！

出発しましたが、安定のノロノロ速度です。ヘタに速度を出して、襲われたら対応出来ないとの事です。馬達が疲労してたら大変でしょって事らしい。

のんびり時間掛けて、街を出ます。馬車の中でのんびりしてます……表向きは。ナビさんから八丈島の南の島の解析が済んだとの報告が来たので、説明を受けてます。南の島は八丈島のレベルまで引き上げられていて、農作物や果樹のかなりの種類が生産可能となっていた事などについてです。

そして、レベルアップに伴う新たな建築物として何を建てるのか聞かれました。

ドリンクショップを選択。飲み物を作って受け取る、との事ですがアルコール類も含まれてました！　まずはビールです！　麦もホップもあります！　イエーイ！

……そして確認しました。アルコール類の製造方法を教えてくれるのか？　と。答えは『イエス』。ナビさんが直接携わる者に伝授するとの事。私に説明してからだとスムーズにいかないと言われたので、必要な場面でのみやって貰う事にしました。

その際、私の精神体はどうなるのか？　と聞くと八丈島で待機しますか？　と聞かれたので、思わず『八丈島で待機……ＯＫですよ！』と答えました！

だって、可愛いチビナビちゃん達と戯《たわむ》れたいじゃない！　南の島でマリンスポーツとかやってみたい！　こっちじゃ無理だもん。ルークが一緒じゃないのが残念だけど。

とりあえず、南の島で作れる果樹にカカオとバナナがあったので作って貰いました。後、コーヒーね。

ココナッツとかパーム油とかはヤシの木が自生してたので、私の魔力供給で常時収穫出来るとの事。そして……

〈マスター。新たな建築物の作業の為新しいチビナビを増やしたいと思います。マスターの魔力で増えるので、今回大量増員しますがよろしいですか？〉

うん？　構わないわよ。なんで聞くのかしら？

〈一度に使う魔力がかなりの量になるので確認致しました。では今から増員致します。マスターはゆっくりお休み下さい〉

ゆっくりて……お！　来た！　……あー！　起きてられない。寝落ちする～……

「エリーゼ様。そろそろ野営地に着きますよ」

ぬ！　昼か……お腹空いてきた。チラッとＭＰバーを見ると三分の二はある。結構使ったな。

コキコキと固まった首を動かし、体を起こす。

「あ～良く寝た。久しぶりの野営だね、お昼ご飯は何作ろっかな～アニスは何か食べたい物ある？」

うーん？　と小首を傾げて考えるアニスは可愛い。

「あ！　あの魚介のちょっと辛かったの食べたいです！」

あーあの豪快料理か……でも、あれは夜が良いなぁ。

「アニス。それ、夜でも良いかな？　多分、お父様達ワインと楽しみたいと思うのよ」

「……んー……そうですね、旦那様と奥様は絶対に飲まれますよね。じゃあ、夜にお願いします！　あのピリッとしたの美味《おい》しかったんですよー！」

ニッコニコです。うん、リクエストって良いね。

意外だけどアニスはちょっと辛いのが好きなのかしら？　私も少し位なら好きなのよね～。

問題は昼だけど、お米食べたい……夜が魚介だから肉だな。米……肉……そうだ！　アレにしよう！　丼です！　お味噌汁に浅漬け！　後は、足りない人用に何か煮物とか作るか。デザート……どうするかな？　収納リストを見てみるか……

……うん？　これ……なんで品種名なの？　いや、嬉しいけど。

サツマイモの次に安納芋《あんのういも》ってある。これ輪切りにして素焼きで食べたい。うん、食べよう。さすがに石焼き芋は時間がかかるし食べる量も調節できないから。

馬車はユルユルと動いては止まる。この動きは野営地で指示を受けて動いている時のものだ。

マップには遠巻きにこちらの様子を窺う魔物のマーカーが幾つもある。魔物の存在に気が付いているのか、領主隊が対応するかのような動きをしている。

本当に手慣れているんだ……トールお兄様が指示出ししてるのか、隊員達の側にいる。横にフレイがいる。反対側を警戒するように動いているのはキャスバルお兄様とレイ、それに隊員達。

「エリーゼ様？」

「ん、やっぱり魔物多いね。近くに結構居る。トールお兄様が魔物の動きに注意してる。街道だからって安全とは限らないのね」

緊張した面持ちで私を見詰めるアニスに怯えは無く、襲えるものなら襲って来いと言わんばかりの目だった。

「エリーゼ様、私だって闘えます。馬車の中で怯えるような女ではございません」

そうだ。その通りだ。でなければ、私の侍女として王宮に連れて行く事は出来ない。いざとなったら、私自身が盾となり剣となる事もあったのだから。その私の侍女がか弱いなんて有るわけが無い。ニヤリと笑う私と微笑みを浮かべるアニス。

なぜか「コワイチュウ……おそろしいチュウ……」とか言っちゃってるチュウタロー、気を付けろよ……チュウタロー。おかしな事をしたらアニスはきっと暗器でスレスレの所を狙って来るぞ。

「ゾワゾワするにゃ！」

「いるにゃ……なにかかくれているにゃ……」

ふむ、タマはゾワゾワする……か気配察知かな？　トラジは隠れている……という事は、サーチで方向とか感じてるって事かな？

「なにかくるにゃっ！」

「くるにゃっ！」

タマとトラジの毛がブワッと立ってモコモコになりました！　怒ってるニャンコの可愛さが出

ちゃってます！　尻尾も毛が立ってます！　っと、それどころじゃなかった。マップで確認して窓の外を見たらデカい鳥が飛んでます。恐鳥？　体以外、皮っぽくて可愛くないです。

うん。ルークが凄い勢いで行きました。

分かる！　分かりますぞ！　正に！　今！　血湧き肉躍るタイム突入ですね！

クルッとアニスを見る。

「アニスも行く？」

「勿論です！」

「いくにゃっ！」

「おともするにゃっ！」

ピュッ！　（行く！）

「いくっチュ！」

あれ？　アニスにビビってたチュウタローも参戦するのか。思わずチュウタローを見た。

「ひどいっチュ！　やるときはやるっチュ！」

ごめーん！　ちょっと見直すわぁ！

「じゃあ、行こうか。隠れていたのも出て来ちゃったみたいだしね」

皆で馬車から出ます。出て見て分かったのは、思ったよりも離れた場所に降りたった事でした。

思いのほか、我が家の馬車の魔物除けは強力なようです。近寄って来ていたのはゴリラみたいなヤツでした。石とか投げて来るのか……てか、隊員達の連携が凄く上手い。あれなら、任せても大丈夫だね。とりあえずはあのデカい鳥の所に行こう！

「走って行こうか」

一応言っておく。皆頷いたのを確認して走り出す。チュウタローはヒナに咥《くわ》えられ、背中に乗っけられてます。向かった場所は街道を挟んだ向こう側でした。

街道は無傷で討伐したい！　いや、修復できるけどね！

デカイなー。

これがこの恐鳥に対する正直な感想です。しかも可愛くないので鳴き声が煩いだけです。鳥には可愛い鳴き声のがいるけど、このデカい鳥の皮膚感とか目付きの悪さとかギャアギャアとウルサいとことかイライラする。

せめて見た目だけでも可愛いければ許せるのに……いや、サイズも可愛くないから許せないわ！しかも何かヤル気満々なのもカンに障るのよ！　そっちがヤル気なら私もヤルわよ！

図体がデカいだけならどうとでも出来るんだからね！

「エリーゼ！　やっぱり来たか！」

嬉しそう！　嬉しそうですぞ！　ルーク！

ニッコニコで剣を抜いちゃって、こっち向くな！　と言いたい。

ルチルもやる気なのか頬袋から小っさい稲光がパッチパッチしてます。ノエルはルークとデカい恐鳥を交互にチラチラ見てます。

「足への近接攻撃と魔法と弓による遠距離攻撃をしてるけど、時間掛かりそう！　どうする、罠に嵌《は》めるか？」

「その後はどうする？」

「そうだな……とりあえず飛べない様にして、素材はなるべく取りたいから傷は少なめに仕留めたいな」

うーん。なるべく無傷でかぁ……魔法でどうにか出来ないかな……でも、こっちに被害が出たら駄目だしね。うーん。まずはあの翼をやっちゃう、その後足止めかしら。

「ちょっと魔法でトライしてみる」

「は？」

スタスタと遠距離攻撃している隊員達のところに行く。

まずは遠距離であの大きい翼に穴を空けますか！　でも物で穴を空けると近くにいる隊員に被害が出るので……空気でもぶつけようかしら？　言わば魔法の空気砲？　って事かしらね。ふわっとしたのなんかじゃ意味無いし、上からだと下に何かありそうだから、下から上に向けて打とうっと。

「受けるが良い！　……せいやぁっ！」

空気の弾のイメージは運動会の時にやった大玉ころがしの玉です。あのサイズならそこそこ大きい穴が空くでしょ！

ギャアァァァァァ!!――

空気がビリビリする程の鳴き声を上げやがりましたよ。

みっ……耳鳴りしてる……もう許さん！　いや、最初から許してないけど！

「サンキュ！　あれで飛ぶ事は出来ないな！」

「あれで飛べたらビックリだわ！　でも魔物だから不測の事態があるかも！」

「そうだな！　気をつける！」

近距離攻撃に移るルークの背中を見送って私は私で攻撃しようと思います！

動きを止めるには麻痺させるのが一番だと思うのでここはチュウタローに活躍してもらいましょう。

軽い感電でも体はダメージ受けて動かなくなるのよね〜。前世でちょっとした不注意で感電したけどアレはビックリしたわ。さてと……

「チュウタロー、難しい事はしなくて良いわ。ヒナに全力で蹴られたら、そのままアイツにくっついて雷だっけ？　痺れさせて欲しいのよ。出来る？」

笑顔でチュウタローに聞くと、何故か胸を張った。

「できるっチュ！　まかせるっチュ！」

……大きめハムスターのドヤ顔ちょっと可愛い。でも可愛いとか言うとすぐに調子に乗りそうだから言いません。

「えーと、ヒナは出来るわよね？」

ピュイッ！（もちろん！）

どっちもやる気があって何よりです。おっと言い忘れてた。

「でね、チュウタローが落ちて来たら、地上に落ちる前に咥《くわ》えてもって来れるかしら？」

ピュピュ～イ！（もって来る！）

「やってやるチュー！　あたらしいこうげきをおぼえたっチュ！　みせるっチュ！」

「楽しみだわ」

……蹴られる事には何も言わなかったわね。もはや抵抗は無いのかしら？　まぁ、それならそれで良いのだけど逞しいわね。

ん？　……チュウタロー丸くなったけ……え？　ヒナ、助走してる？　え？

ズバッシュウウッッ‼

え？　早っ！　チュウタローが星に……じゃなくて、あっという間にデカい恐鳥の翼のつけ根の辺りに埋もれたわ！

「チューーーー‼」

バリバリバリピシャーンッッ‼

チュウタローの鳴き声が聞こえたと思ったら、稲光りと小さな雷が鳴き声の辺りから発生しました。不思議な光景です。

いや、前世で暮らしていた所は雷の多い地域だったから慣れてるけど、あの高さだとさすがに珍しいです。

「ふぅん……あんな風なのね」

ヒナが走って、変な動きをしたと思ったらチュウタローを咥《くわ》えてました。

プランプランしてる姿がおかしくてちょっとだけ笑ってしまいました。ゴメンね、チュウタロー。

「わらうとかヒドイっチュ！」

しまった！　笑ったのバレた。

「ごめん、ごめん。チュウタロー凄かったわよ。ホント」

「すごかったにゃ！」

「おどろきにゃ！」

「スゴイっていったからいいっチュ」

チュウタロー、チョロイのね（笑）。恐鳥を見るとルチルがチョロチョロと走って、どうするのかな？　と思ったら小さい稲光りが……うん、ルチルはまだまだなのね。

でも恐鳥には効いてるのかしら？　近距離攻撃の隊員達が攻撃してます。

「ボクたちもヤルにゃ！」

「そうにゃ！　ボクたちのいいトコみせるにゃ！」

タマとトラジがトタタタタッ！　と走って行きました。途中でノエルも合流しました。

ニャンコ三匹でデカい恐鳥に向かっていく雄姿！　可愛いのに良い！

「ん？」

三匹の動きが……と思ったらズボーンッ！　と恐鳥が埋まった？　てか落し穴かしら？　土属性の精霊だからにしても仕事早くない？

とか思ってたらニャンコが次々と体当たりするものだから、ジャマだと思ったらしく首を回して咥《くわ》えようとしてる。あんな大きくてゴッゴツしてる嘴《くちばし》に咥《くわ》えられたらブチンッ！　てなっちゃうじゃない！　いや、ならないけどそんなの許さないわよ！

「石壁のハミ！」

石で出来たハミ（競走馬の口にはまってるヤツなんだけどね）が恐鳥の嘴《くちばし》にガゴッ！　とハマった。これで嘴《くちばし》は閉じられなくなりました。

重さもあるのか頭が動かなくなりました。とか思ってる間に大勢の隊員がガンガン攻撃して……

グエーーーーーーッッ!!

大きく鳴いて、大きな体がゆっくりと倒れていきます。

無事討伐出来た様です。ハミはもう必要無いので魔法でサッと消します。

ふふっ……それにしても上に突き抜けた空気砲ヤバかったなぁ（笑）。まぁ、この先そんなに打つ事は無いと思うけどね。ちょっとだけ疲れたけど、キニシナイ！

とか思ってたら走って戻って来たニャンコ達が私を見て心配そうにしています。

「どうしたにゃ？」

「つかれたにゃ？」

タマとトラジが優しいです。

「主のキモチをいやすにゃ！」

「そうにゃ！」

言ったと思ったら脇から土笛を取り出して……土笛の優しい音色に私も隊員達も皆癒されました。

心なしか疲れも取れた様です。

なぜか泥だらけのチュウタローとルチルが上機嫌で走ってきました。

そう言えば、ニャンコ達が行った後姿が見えなくなってた気がします。

「ほめてほしいチュウ！　ルチルといっしょにがんばったチュウ！」

「がんばったチュウ！　ボク、がんばったチュウ！」

ルークはキョトンとしてます。

ピュ〜イピュピュ〜イピュッ！　（チュウタローとルチルは落とし穴の中でがんばってたのよ！）

うん。鳴き声と訳の長さが合ってないことはスルーしとくよ。で、落とし穴の中で二匹して頑張ってた。という事か。うんうんと頷く。

「エリーゼ、なんだって？」

「どうやら、落とし穴の中で頑張ってたらしいのよ」

ルークに説明してあげた。

「おっきなあしにくっついてしびれさせてたチュウ！」

ルチルが胸を張って、言ってくれました。

「そうなの。偉かったわね。チュウタローも良く頑張ったわね。後でエリックに褒めて貰いましょうね」

「やったチュウ！」

嬉しそうだな、チュウタローよ……まあ、チュウタローが良いなら私も良いよ。

ルークがしゃがんでルチルを抱き締めてます。チュウタローがそんなルチルを見て、しょぼくれてるように見えます。抱き締める事は出来ないけど、しゃがんで頭を撫でます。って、抱き付こうとバタバタし始めたのでヒナがチュウタローの尻尾を咥《くわ》えて安全な距離にしてくれました。バタバタしてるけど、頑張ったから頭を撫で続けます。

「ギュッてされたいチュウ〜！」

「チュウタロー、色々無理（笑）」

バタバタするのはやめて、涙目で私を見てるけど……そんな目で見てもダメ！

「ざんねんチュー‼」

ルチルを抱っこしながら膝を突いてチュウタローの頭を鷲掴みにするルークが真っ黒な笑顔で降臨しました。

「ん？　俺は許さないぞ」

「チュッ……チューッッ!!　……チッ！」

うん、チュウタローが苦しんでます。ルークったら容赦がないにも程がある（笑）。

「ルーク、チュウタローはエリックに預けるからその辺で」

「エリック……あぁ、そうか。だったら俺が連れて行こう」

頭を鷲掴みにしたままチラッとヒナを見て尻尾を離させ、プラプラさせつつ歩いて行きました。

達者でな！　チュウタロー！

それにしてもノエル……ノエルはルークの背中にへばり付いてましたネ！　子泣きジジイのように！　さて、私も行こうかな！

立ち上がり、タマとトラジとヒナを見て話し掛けようとした時でした。

「エリーゼ、少し話をしようか」

アワワワワワ……キャスバルお兄様が来たーっ！　どどど……どうしよう！

「タマ、トラジ、ヒナ。少しの間、君たちの主を借りるよ」

なんでそんな甘い声で言ってるの！　騙されないで！　カワイコちゃん達！

「わかったにゃ！」

「主のおにいさんにゃ、しんらいしてるにゃ！」

ピュピュ～イ！（戻ろう！）

「「にゃっ！」」

ああ〜！　行〜か〜な〜い〜で〜っ！　無情にも後ろ姿が遠ざかる。

「さあ、行こうか」

おそるおそる見たキャスバルお兄様はほのかに黒い微笑みでレイを従えて立ってました。キュッと手を握られて、黒くて甘い微笑みで私を引き寄せガッチリ腰をホールドしました！　逃がさない気満々です！　なんで手じゃなくて腰なのよ！　って小さい頃手を何度も振りほどいたからです。ゆったりと歩くキャスバルお兄様にエスコートされて、お兄様の馬車に拉致連行です。振り返ってレイを見たけれど、ニコニコしてるだけで助けてくれません。

「エリーゼ、逃がさないよ」

いやぁ！　逃がしてぇ！　キャスバルお兄様の言い方エロい〜！　何か孕みそうでコワイ〜！

ドキドキしながら見たキャスバルお兄様のお顔は、令嬢達が夢見るイケメンオーラ全開です！

「お兄様……」

めっちゃ見られてます！　隊員達もホッコリ笑顔で見ないで！　私、今からキャスバルお兄様の馬車で尋問タイムなんですのよ！

「ただ話をするだけだよ、だからそんな泣きそうな顔をしないで」

いやぁ！　何よ！　ただ話をするだけだよって！　絶対ウソじゃん！　そんな事を思っていたら、キャスバルお兄様の黒い馬車まで来てしまいました。逃げたかった……マジで。

「レイ、悪いが見張っていてくれ」

「畏《かしこ》まりました。安心してお話しなさいますよう」

「勿論だ。さ、エリーゼ」

うわぁぁぁぁぁぁん！　もう、無理ぃ！　馬車の扉を開け、先に入らされましたぁ！　密室にキャスバルお兄様と二人きりとか、何か嫌ぁ！　キャスバルお兄様が入ってきて、カチン！　え？　鍵を掛けた！　なんで!?　エリーゼ、絶体絶命のピンチ！

「そんなに怯えないで」

ぎゃー！　後ろから、ヤンワリハグ！　なんで、私のお腹に手を回してるの！　そして耳元で囁くとか、実の妹にする事じゃない！　と思う！　こんなの怯えるに決まってるじゃないの！　私、こう見えても恋愛指数ほぼゼロなのよ！

「俺の可愛いお姫様、座って話をしようか」

ななな……何、言っちゃってるの！　口説いてるみたいな台詞をサラッと言わないで！

グイッと腰とか肩とかお兄様の良いように掴まれ引き寄せられ、ストンと座った場所はキャスバルお兄様のお膝の上でした。恐怖！　ガタガタ……

「おおお……お兄様……」

「ああ、こんなに大きくなって。ずっと小さくて可愛いお姫様だと思ってたけど、こんなに綺麗になって……俺の小さくて可愛くてお転婆なお姫様はあっという間に美しくて……お転婆は変わらないな。いや、むしろ酷くなった気がするね」

甘かったのに、最後お転婆の所で何か思い出しましたよ！　グイッとまた、腰が引き寄せられたかと思ったら座面にお尻を落として私の膝がお兄様の太股の上という良くラブラブなカップルがやる座り方ぁ！　恥ずか死ねるやつぅ！　どうしてぇ！

テンパってる私の頬に空いてる手を添えて、クイッと顔を上げそのままホールド！

これなんていう拷問なの！　私、妹よね！

「産まれた時からずっと見てきた。小さくて可愛い俺の妹。離れて暮らす内に、こんなに綺麗になって誰よりも美しくなって……」

近い！　近い近い！　顔が近いです！　お兄様！　このままチュウするのかなって位近いです！

「あのバカ王子が婚約破棄なんてふざけた事を言った時、殴り殺してやろうかと思ったよ。父上と母上が行かなかったから、我慢したけどね。今はこうなって良かったと思ってるが……今度は帝国の皇子だ。救いは向こうがこちらに来る事かな」

お兄様……私、このまま気絶しそうです。

「さて、エリーゼ。聞きたい事は沢山ある。エリーゼがルークを好きなのは分かった、時々おかしくなるからな。だが、時折何かの合図みたいなやり取りをしてる。あれはなんだ？」

キャスバルお兄様から甘さが消えました。冷気すら感じます。ヤバイです。答えるまで逃がさないようなニオイがプンプンします。

「私がここととは違う記憶を持っている事は以前お話ししましたよね？」

頷くお兄様。なんで、色気たっぷりに微笑んでいるのか聞きたいけど怖いから聞かない。

「ルークも同じ様にこことは違う記憶を持っているのです」

ちょっとお兄様のお顔が曇りました。あら？

「私の記憶とルークの記憶は同じ世界で同じ時代でした。共通する部分がかなりあります。なので、時折あの世界でのやり取りが出てしまうのです」

キャスバルお兄様は考え込みました。ずっと顔をホールドされたままでツラいです！　解放されたいです！　なんで対面席じゃないの！　そんなの分かってます。ウソつかせない為と逃がさない為ですよね！　うわぁぁん！　小さかった私、どうしていつでも逃亡してたのぉ！

「そうか……良く分からないが、ルークには期待している。エリーゼとも仲が良いし、同じ様に魔物をテイムしてるしな。納得はできないが、目を瞑《つむ》っておこう。でだ、あの大耳鳥への攻撃はなんだ？　魔法のようだったが」

へえ……あの恐鳥、そんな名前なのか、大耳鳥ね、覚えておこう。

「魔法です。あの魔物は鳥なので翼に大きな穴が空けば飛べなくなると思って」

本当です。飛ばれたらメンドウなので。

「そうか盲点だったな」

そういや、弓矢とかでしか遠距離攻撃してなかったものね。

それにしても！　キャスバルお兄様のシスコンが怖い～！　ずっと見てきたとか言われた～！

フ……とお兄様が滅茶苦茶蕩《とろ》けそうな笑顔になった！　ピンク！　空気がピンクな気がします！

助けて！　偉い人！

「やはり自慢の妹だよ、エリーゼは。本当にあのバカ王子が婚約破棄してくれて良かった」

本音漏らしすぎ！　私をどうしたいの！　キャスバルお兄様は！

もう、無理！　限界です！　逃げたいです！

グイーッとお兄様の胸を押してみる。くっ！　ビクともしない！　私の腕が伸びただけだった！

こう見えて、私とっても強いのに！

……アレ？　何か、お兄様の目がチラチラッと……うん？

「エリーゼ、俺の前だから良いがルークの前でそんなことをしてはいけないよ。まるで誘ってる様に見えるからね」

は？　……イヤァ！　めっちゃ胸アピールしてるみたいになってるぅ！　首振りたいけど、ホールドされてて無理！　ジンワリ涙目になってきた……逃げられなくてツラい……なんか……何か、イヤァァアッッ!!

「エリーゼ、泣かないで。そんな風に泣かれたら、どうしたら良いか困ってしまうよ」

だったら解放してぇ！　逃げないから！

「逃がさないけどね」

鬼ぃ！　お兄様じゃなくて、鬼ぃ様やん！　バカァ！

「うん、その顔は失礼な事考えてるね。そんな所、小さい頃と変わらないねエリーゼは」

バレてるぅ！　鬼ぃ様、エスパーなの！　なんで、悪い顔で笑ってるの！

「ずっと……ずっと小さなお姫様だと思ってたのに、あっという間に年頃になって好きな男が出来て頬なんか染めて……父上の事、大好きって言っていたね……」

怖い！　目がマジで！　何、言いだすつもり!!

「小さな頃俺の事、大好きって言ってた事忘れた？　父上だけじゃなくて、俺も言われたいんだよ。エリーゼ。俺の膝の上で、俺の事キラキラした目で見上げて、お兄様大好きって言って……そしたらなんでも許すよ。可愛いエリーゼ。俺達の可愛いお姫様」

ガーーーーーン!!　お父様もアレだったけど、お兄様もアレだった。

とんでもねぇシスコン兄だ！　あ～でも幼少の頃の私も悪いのか？　待て！　最後、俺達って言ったな！　じゃあキャスバルお兄様の次はトールお兄様が待ち構えているのか？　くっ！　とんでもねぇ色気を垂れ流して待ち構えている以上、私が言うまで離さないぞ！　って事か、そうなのか！　……そうだろうな……逃がさないとか言いましたもんね。覚悟を……覚悟をキメろ！私っ！

「……キャスアルお兄様らい好きっ」

噛んだ！　ヘンな所でっ！　しかも二箇所！　最悪だっ！

「くっ！」

ガバァ！　ぎゅぅぅぅぅぅ！　死ぬ！　死ぬ死ぬぅ!!　お兄様ぁ！　強い強い強い！　抱き締めるとかのレベルじゃない！　絞め殺すレベルゥ！　死んじゃう！　息が出来ない位絞まってる！

「かっ！　はっ！　キャ……にぃ……」

ガバッと離れたとき、今まで見た中で一番良い笑顔のキャスバルお兄様が見えました。私は酸素補給でいっぱいいっぱいです。

「すまなかった。あんまりエリーゼが可愛くてつい……苦しませてゴメンね。エリーゼの小さい時を思い出したよ。たまにで良いから、小さい時の様に俺の膝の上に座ってくれるかい？」

とんでもねぇ！　とんでもねぇ事サラリと言って来たよ！　なんで、ん？　ってピンクオーラ全開で私を見て微笑んでるの！　イエス！　しか聞かないよって顔してるじゃん！　でもでも、私……家族皆大好き！　ホッペタホールド解除されて、楽になりました。

だからギュウとお兄様に抱き付いた。ああ……エリーゼは良くキャスバルお兄様に抱き付いてたものね……

「キャスバルお兄様、大好き……」

自然にそう言っていた。シスコンを加速させるかも知れないけど、仕方ないじゃない。格好良くて優しくて強い自慢のお兄様なんだもの。一人っ子だった前世の憧れなんだもん。ちょっといや大分重いけど。

「俺もだよ、可愛いエリーゼ。いつまでもエリーゼは俺のお姫様だよ」

キュッと優しく抱き締められてから、グイと腰を掴まれて立たされました。どうやら、尋問タイムは終了のようです。って！　違った！　そのまま引き寄せられた！　ちょっ！　座席に膝ついちゃう！　あ〜！　抱き締められてるぅ〜！　解放されない〜！

「どんな我が儘でも、俺が出来る事ならなんでも叶える……やっと帰ってきたんだ。もう少し兄でいさせてくれ……」

震える声。こんなお兄様の声、初めて聞く。キャスバルお兄様のフワフワの髪をソッと撫でる。

「嫌だわ。キャスバルお兄様はずっとずっと私の大好きなお兄様ですわ。婚姻してもキャスバルお兄様は私の素敵なお兄様。だから安心なさって。ずぅっとずぅっと、大好きな私のお兄様」

「そうか……もう少しこのままでいさせてくれ……」

「はい」

ピクリとも動かずにいるお兄様の頭を撫で続けた。

そんなに長くない時間だったと思う。ゆっくりと離れたお兄様はいつものお兄様でした。

「皆の所に行こうか」

「はい、キャスバルお兄様」

キャスバルお兄様は鍵を開けて先に降り、私のエスコートをして下さいました。レイの甘い笑顔が痛かったです。

なぜか片方の手をキャスバルお兄様が、もう片方の手をレイが繋いで歩いて行きました。

……小さい頃、こんな風に歩いた事あったなぁ……と思い出してなんだか心がポカポカしました。

中央広場に着いたので、早速のルーチンワークです！　広く！　大きく！　頑丈に！

……あれ？　何か違う物出来た……

「エリーゼ、なぜ神殿を造ったの？」

ルークがウワァって顔で話し掛けて来たよ……私も内心、ウワァですけど。

「ふふっ、なんだか頑丈な物が良いと思ったらあんな形になったのよ。あんな大きい恐鳥が出たから、ちょっと良い物にしなくちゃなって思って」

「なら、いっそ魔物除けの柱も神殿の柱っぽくしてみたらどうだ？　雰囲気出るだろう」

大理石風のシャレオツな柱でカバーしたら、格好いいかも……神殿風の四阿《あずまや》にコンロが四基。その四阿《あずまや》を囲むように打ち込まれてる魔物除けが神殿風とか……良い！

「ナイスアイディア！　ちょっと、やってみる！　ヒナ！」

ピュ〜イ？　（呼んだ〜？）

走ってきたヒナに跳び乗る。鞍《くら》なんてつけてないけど、ヒナは慣れたもので羽で私の足を挟む。

「ヒナ、今打ち込んでる魔物除けに沿ってゆっくり歩いて頂戴」

ピュッ！　（はいっ！）

「じゃあ、ちょっと行ってくる」

「分かった」

ヒナはトトトッと足取りも軽く歩いて行く。

一番近い場所に行き、打ち込み作業をしている隊員に退いて貰う。魔物除けを包むようにギリシャ神殿風の柱を魔法で造る。物の数秒で出来てしまうチートさ……でも、シャレオツでござる。

調子に乗って内縁だけでなく、外縁の魔物除けも柱にして回った。

やり切った感いっぱいでコンロの所に戻って来た私が見たのは、笑顔で怒ってる家族の顔でした。

えー？　オコじゃーん。良いと思ったのになぁ。

「エリーゼ。素晴らしく芸術的だが、なんでこうなった？」

「そうよ。ちょっとお母様びっくりしたわ」

お父様とお母様から注意されました。言い訳しておこう！

「先程出た魔物を見て、少しでも頑丈な物を作りたい！　でも武骨な造りは嫌！　と思って作ったらああなりました」

堂々と！　いかにも正しい事を言ってる風に！　言ってみました！

……なんでキャスバルお兄様が苦笑いになってますの？

「エリーゼを叱るのはやめて昼食を作ってもらいましょう。エリーゼの手料理を食べたくて仕方ないです」

「そうだな。キャスバルの言う事を聞こう。エリーゼの手料理が恋しいのは俺もだ。な、フェリシア」

「そうですわね。エリーゼの作るご飯は本当に美味《おい》しいもの。もちろん甘味もね♡」

「そうですよ。父上や母上、兄貴の言う通りエリーゼの手料理が恋しい。きっと皆、そう思ってますよ」

お父様もお母様もキャスバルお兄様もトールお兄様も……

「俺も胃袋掴まれてるぞ～！」

ルーク！　そのアピールは笑っちゃうから止めて（笑）。

家族から離れて、料理長のところに来ました。

なんとさっきの恐鳥の肉が運び込まれました！　美味《おい》しいらしいです。少し削いで手の上で魔法で蒸して味を見てみる。

「うん。美味《おい》しい」

上等な鴨《かも》の味に似てる。恐鳥の肉は料理長に任せよう！　私は食べたい物があるので、諦めます。

料理長にご飯を炊くように言い、白菜を出して浅漬けをお願いする。デザート用の安納芋も出しておく。

「ねえ、料理長はお味噌汁の具には何がいい？」

決まってないから、料理長の好みで作ろう！　料理長はう～ん？　と考えた。

「キノコのお味噌汁が良いです」

あれ？　何かいつもとテンションが違う。そう言えばいつものヤンチャ系な言葉遣いじゃない。何かあった？

「じゃあ……エノキタケのお味噌汁にしましょう」

エノキタケをドサッと出して、ブシ花を出してお味噌汁を作って貰う。トラジとタマとノエルに。

尻尾をピンと立てて、待ってるのでお味噌汁係です。

「ブシ花は三匹で仲良く処理するのよ」

「もちろんにゃっ！」

「とうぜんにゃっ！」

「ブシバナひさしぶりにゃっ！　うれしいにゃっ！」

ハッ！　ノエルは島送りに出来なかったから、ひさしぶりのブシ花だわ！　ってタマもトラジも素知らぬ顔でお味噌汁作りに向かった！　どうする気かしら？　……時々見てておこう。

ニャンコ達が良く見える場所で、大鍋を出して水を入れていく。あ、これも出汁《だし》がいるやつだった。ブシ花を木綿袋に入れて出汁《だし》を取る準備をしておく。

丸鳥のもも肉を取り出し、料理人に一口大に切って貰う。大きなボウルを出し、丸鳥の卵を出す。卵はクリーン＆キレイキレイで生で食べれる位キレイにする。

今日のお昼ご飯は親子丼です。滋味溢れる丸鳥で作る親子丼！　豪華です！

シイタケと玉ネギをスライスして鍋に入れる様にしておく。出汁《だし》が取れたら入れてもらうのだ！

シイタケも玉ネギも出汁《だし》が出るから大事！

料理人達は出汁《だし》を取り、私の指示で砂糖に醤油を入れていきます。もちろんシイタケも玉ネギも投入ズミです。味付けは少し濃いめ。味見をしてちょっと濃いかな？　と感じる程度にする。うん、この感じ。私のお母さんの味。私が小学生の時教えて貰った思い出の料理。大きめの鍋でいっぺんに作るやり方。丸鳥の肉を入れ、アク取りをお願いする。

肉に火が通った頃合に再度味見。うーん？　ちょっとお砂糖を足すかな？　少しずつ調整して、料理人に味見して貰って鍋全ての味を整える。

卵をといて……投入～！　パカッと蓋をしてちょっと待って、鍋を台に移動させる。

親子丼、喜んでもらえると良いな～。そうそう後のせの三つ葉も出して刻んでおかないとね！

お味噌汁の出汁《だし》と親子丼の出汁《だし》とブシ花大活躍で大量のブシ花（使用済み）が出ました。

お味噌汁に使ったブシ花は仲良く？　いや、タマとトラジはノエルに多めに分けてあげてました。

ノエルは「いいのかにゃ？　いいのかにゃ？」と言いながら嬉しそうに食べてました。

そんなニャンコ達は私の手元にある大量の使用済みブシ花に釘付けです。

「主……たくさんあるにゃ……」

「もりもりあるにゃ……」

「イイニオイにゃ……たべたいにゃ……」

ブシ花でお腹いっぱいになっちゃう気かしら？　でも、取って置いても仕方ないしね。台の上にコトコトと三匹の為のお皿を出す。同じ位の量にして盛って、三匹に渡すとタマとトラジは自分のお皿からチョコチョコとノエルのお皿へブシ花を移す。

「どうしてにゃ？　タマにゃもトラにゃも、どうしてわけてくれるにゃ？」

ですよね！　私はなんとなく分かるけど、ちゃんと言うのかな？　……タマとトラジが顔を見合わせ、コクコクと頷き合いタマがノエルをピッと見つめた。

「ノエル、こころしてきくにゃ。ボクとトラジがとくべつなトコにいってたとき、ブシバナをつかうことがあったにゃ。ブシバナをつかったアト、いっしょにしょりしたにゃ。だから、そのときのぶんをノエルにわたしたにゃ」

正直！　正直に言ったぁ！　タマが。一番上のお兄ちゃんだからかな？　そうだよね。タマ、偉いな！　後でいっぱい撫でよう！

ノエルはハッ！　とした顔になったり、キュと悲しそうな顔になったりと忙しかったけど最終的にはちょっと嬉しそうな顔になり……

「わかったにゃ。ありがとにゃ。ボクもとくべつなトコにいきたいにゃ……でも、たぶんいけないトコにゃ。タマにゃもトラにゃもやさしいにゃ。いわなかったらわからなかったにゃ。ボクもりっぱなにいにになるにゃ」

にいに！　ノエル、ルチルからにいにって言われてるのか？　言われてるのね！　健気！　可愛い！

「ノエルにいにー！　スゴいチューッ！」

え？　と思う暇もなく、黄色い物体がドシーン！　とノエルに激突しました。それをズシャア！と踏ん張って受け止めるノエルは成長したと思いました。

ルチル……どうした？　何がいったい……

「ノエルにいに！　さっきのすごいおおきいの、すごかったチュ！　ボクもがんばったから、おおきいおにくくれるっていってたチュ！　ノエルにいにがおしえてくれたおかげチュ！」

どうやらお肉を食べられるのが嬉しくて興奮してるようです。姿が姿なので、木の実がメイン食料かと思ったらなんでも食べるんだよね。精霊だからかしら？

ヒナの食料は鳥っぽいのに対して、ニャンコ達とネズミ達はなんでも食べちゃう。

て、いうかノエルがブシ花食べれないから解放したらどうかな？　ルチルさんよ。

「ルチル、まつにゃ。おにくがたべれてうれしいのはわかるにゃ。でも、ボクがブシバナをたべるまでまつにゃ」

「わかったチュッ！　まってるチュ！」

ノエルのお皿はタマが確保していてくれたようです。山盛りのブシ花が載ったお皿をノエルに渡しました。

「まだ、いるかにゃ？」

「じゅうぶんにゃ」

タマとノエルのやり取りをほっこりした気持ちで見てると、ルークがやって来ました。

「ノエルが食事する姿はいつ見ても可愛い！」

力説ですか。ニャンコ好きあるあるですね、でもタマもトラジも可愛いですから！

ニャンコ達は前足をパカッと広げてキュッとブシ花を掴んだら、隙間から出てるブシ花をチビチビ引っ張って食べたり舐めたりして完食を目指す。全て食べ終わると、今度は掴んでいた前足の肉球から隙間からベロベロ舐め尽くしてキレイにした後お皿を舐めて欠片も残さず食べるのです。

最中に「おいしいにゃ」とか「うまいにゃ」とかウニャウニャ言うのもサイコーに可愛いです！

ちなみに隊員達が息を潜めて物かげから見つめているのは、既に見慣れた光景です。

「すごかったチュ！」

うん？　うちのエロネズミも合流です。

「ルチル、よくがんばったチュ！　ごほうびうれしいチュッ！　おにくたのしみチュ！」

……なぜだ。チュウタローが言うと、ネズミの皮を被った何か違う生き物のように聞こえる。性格の差か……チラッと見ると、満足仕切っているように感じました。エリック達に慣れた様子だが、将来が不安です。気にしたら負けでしょうか？　って負けですね。今はニャンコ達のブシ花モグモグタイムに集中します。可愛いは正義です！

そんな可愛いニャンコ達のモグモグタイムはそろそろ終了です。

今度は私達のモグモグタイムです。ご飯も炊けたようですし、お味噌汁も浅漬けも出来てます！

親子丼の具の出来上がり具合を蓋を取って見てみます……トロトロ玉子で良い感じです！　美味《おい》しそう！　ランチとしては豪華です！

丸鳥の親子丼、鳥系魔物肉のソテー、エノキタケのお味噌汁、白菜の浅漬け、安納芋のスライス素焼き。うん。魔物肉つかってるけど豪華！

料理人達がガンガン器にご飯をよそって親子丼を完成させてます。

「お嬢、ちょっと……」

料理長の前に恐鳥の肉がある！　放置はダメ！

「しまっちゃうね！」

走って行って、一瞬で収納！　走って戻って来ました！

「気が付かなくてごめんなさい。さ、食事にしましょう」

「は……はい」

うん？　いつになく歯切れが悪いな？　どうした。話があるなら夜に聞こうじゃないか！　てな訳で、ニッコリ笑った。

「料理長、夜の食事が終わった後なら時間が作れるわよ」

「ありがとうございます！　お嬢！」

バッと頭を下げた料理長に手をヒラヒラと振って家族のもとに戻る。ひょっとして告られたのかな～。年上でイカツイ見た目なのに照れちゃったのかな？　男の純情だ！　良いね！

「良い事でもあった？　凄く良い顔になってる」

ルークから言われて少しだけ照れる。ちょっとした事でも、気が付いて話し掛けてくれる。でも、要注意なのです！　良く見てくれるのは良い事ですが、その分チェックが厳しいという事なのです！　前世のおばさんの旦那さんがそのタイプでした。愛情も深いのですが、厄介な事もあるようなのです。ルークは賢いのか詰まらない事は言いませんが、時折容赦ない事をする気がします。

「まぁね。でも、詳しい事は分からないわ。夜、話を聞く事になったから」

あら、やだ！　ルークったら目がスッと鋭くなったわ。やきもちかしら？　ちょっと嬉しいかも？　嘘です。バカ言ってる（笑）。

「二人きりって訳じゃないわよ」

「分かってる。聞かれたら不味い話なのか？」

台の上に置かれた私の分の親子丼を見つめる。ルークはいつでも私を見ていてくれる。良く……出来た人だと思う。だから、きちんと向き合って生きていきたい。ルークの目を真っ直ぐ見つめる。

「分からないわ。でも、悪い話じゃないと思う。私は私だけじゃなくて、他の人も幸せになって欲しいの。さ、食事を始めましょう！」

「分かったよ」

いつものルークに戻ったと思う。もし、これが逆なら私だって穏やかではいられない。そして私達はいつものように賑やかに食事する。

まぁ、いつもの食卓の風景ですよ。皆、幸せそうで良い事よ。

それにしても丸鳥、本当に美味《おい》しい。恐鳥の焼肉（レア）にかぶり付いているチュウタローとルチルの衝撃映像（笑）。大きなハムスターが赤ん坊サイズの肉にかぶり付いてるのですよ……いつもの可愛さが吹っ飛ぶってもんですよ。

そしてヒナ……ほんの出来心だったんです。ココナッツを差し出し「食べる？　っていうか飲む？」と聞いたら、いつものように「ピュッ！　（うん！）」ってな返事して咥《くわ》えたかな？　と思ったらボウルの上でパキャッと割りましたのよ。アレ？　ココナッツって固いよね？　と思ってルークを見たらガクブルしてました。ヒナ……結構手加減しまくって生きてるね！　チュウタローはココナッツの固さを知らないので、平常心のようでした。

そんなヒナはココナッツ、お気に入りになったようです。まぁ、色々発見もありましたし楽しい食事の時間でした。お片付けは隊員達に任せて、早々に馬車に退散しました。

そうそう、言い忘れました。なんとヒナはサイズが小さくなっても、私を軽々と乗せて歩けるようです！　乗り降りがとても楽です。超便利！

「美味《おい》しかったです、エリーゼ様」

アニス、ニッコニコじゃないですか！　いや、私もニッコニコですけどね！

うーん……丸鳥結構収納してるけど、帰ったらこれでから揚げいくかな……あ～！　ビール飲みたーい！　今、十八歳なのがちょっと悔しい！

〈マスター。レベル解放で幾つか新しい建物を作れるとお教えしましたよね？〉

（うん。聞いた……ような気がする）

〈その際、マスターはドリンクショップを希望なさりビールの指定材料をショップに自動設定致しました〉

（そうなの？）

〈はい。今、現在ドリンクショップにキープされているビールは一リットルの瓶が二百本ございます。このまま作り続けますか？〉

（あるな……いや、でも今日の夜飲んじゃう気がするから最低でも後四百本は欲しい……いや、区切りが悪いから計千本に切り替えて貰おう！　うん！）

〈畏《かしこ》まりました。材料の足りない分は随時畑で生産致します。千本生産しましたら、その後はいかがしますか？〉

（日本酒！　純米酒が良い！）

〈畏《かしこ》まりました。現在、材料が足りませんので生産を開始致します〉

（ありがとう！　ナビさんは頼りになる、素敵な存在よ！）

〈マスターのお役に立てて私も嬉しいです〉

嬉しいのこっちなのに！　……お仕事に行ったようです。反応がありません。ビール！　今夜は宴だ！　私とルークは飲まないけどね！　そんなこんなで馬車でゴトゴト移動です。

バスタから領都まで続く、この街道は一番海寄りの街道だ。この辺りの海岸線は砂浜で、魚介類を採って生活している者達が住む小さな集落が点在している。この辺りから海塩生産を行ってる地域となる。

大型の魔物が来たことが無いので街道が出来たのだけど、やはり多くの人が通れば寄ってくるのか……簡易型でも良いから魔物除けを街道の両脇に打ち込む事は出来ないのだろうか？　領内だけでも少しずつやれば人の往き来が増えるだろうに……ああ、でも小さな集落が増えてたりするなら難しいか……確か小型の魚系魔物で生計を立ててるのよね……

「ままならないものね……」

「どうかなさったのですか？」

アニスが心配そうに聞いて来る。フルフルと首を横に振って否定する。心配させたい訳じゃない。やりたい事も思う事も沢山。恋に囚われて生きてみたいけど、それだけが私の望みじゃない。今度は諦めない。ルークと一緒に過ごして、赤ちゃんを産んで……子供には実り豊かな人生を歩んで貰いたい。きっとお父様やお母様もお兄様達や私の為に頑張って下さってる。私もお母様のように子供の為に頑張りたい。こんな事、今まで考えた事も無かった。

愛する人と家庭を持って、子供とテイムした子達と楽しく暮らせたら良い。

「くっ！　……負けないんだから……」

キュッ！　キュッ！　と私の両側のニャンコ達が抱き付く。どうしたのかしら？

「まけたのかにゃ？」

「つらいにゃ？」

タマとトラジが私の独り言に反応しました！　なんて可愛いのっ！　グリグリとしっちゃかめっちゃかに撫で繰り回す。モフモフ最高！

「ん！　もう！　そんなんじゃないのよ！　タマもトラジも可愛いっ！」

「んにゃにゃっ！」

「うにゃにゃ～んっ！」

アニスはクスクス笑い、私は笑顔で撫で繰り回しタマとトラジは嬉しそうに撫でられている。そんな様子を見るヒナも嬉しそう。唯一チュウタローだけが籠《かご》にしがみついて凝視してます。

「チュウタロー、言いたい事があるならハッキリ言って良いのよ」

「主になでられたいっチュ！」

「なる程。ヒナ、チュウタローを咥《くわ》えて来て」

ピュッ！　（はい！）

ヒョイと咥《くわ》えあげられプラーンとしてるチュウタローが近付いて来ます。手の届く範囲に来た所でチュウタローの頭を指先で撫でます。フワフワのモフモフだけど、その足掻く四肢がなんとなく嫌。

「だっこ！　だっこされたいっチュ！　ヒナ！　はなすっチュ！」

「ダメ。ヒナ、そのまま籠《かご》に戻して。出ないように宜しくね！　もう、撫でたから籠《かご》に戻ってねチュウタロー。……邪なチュウタローを抱っこするとは思うなよ」

それはそれは良い笑顔で言い放ってやりましたよ！

時間的にそろそろかな？　そう思った時、馬車が止まった。マップを見て街道の海寄りか陸寄りかを確認すると、陸寄りに誘導されていた。なら、言いにいかなくてもいいや。

「今日の晩ご飯、すっごい楽しみです」

アニスリクエストのピリ辛蒸し料理です。そして、初のビール提供です！　どんなビールか楽しみです！　飲まないけどね！　ピリ辛とビール！　きっと皆飲んじゃうな！　箸休めに何か優しい味の物も作らなきゃな〜何が良いかな〜♪

おっと、その前にお昼に作ったみたいに四阿《あずまや》とコンロと円柱を作らなきゃな！

「ヒナ、馬車が止まったら一緒に柱を作りに行きましょうね！」

ピュイ〜！　（は〜い！）

マップを見ながらジリジリと止まるのを待つ。ガタガタと固定具が嵌《は》められ、馬が外される。マップの中で数人がバラバラと外縁部へ向かうのを確認する。

「ヒナ、外に行こっか」

ピュッ！　（はいっ！）

扉を開けて、すぐ近くに魔物除けの柱を作る。うん、近い所から回って最終的に四阿《あずまや》とコンロの方が楽な気がする！

柱を作った後はヒナに乗り、走って回る。いちいち降りるのは面倒いので、乗ったままジャンジャン柱を作る。魔法でシュンッ！　て出来ちゃうから苦労も何も無い。

大した時間も掛からず中央広場に戻ってきた。四阿《あずまや》もコンロもお昼に作ったのと同じなら問題無かろうと、ヒナから降りてズザァッ！　と作り上げる。

「昼間のと同じ物にしたのか」

お父様がシミジミ呟くから、私もシミジミと呟きます。

「同じなら分かりやすいし、受け入れやすいと思うのよ」

「そうか。それもそうだな」

うん、お父様即答でしたね。決断早いの良いと思います！

「さ、今晩はアニスが魚介のピリ辛蒸しを食べたいって言ってたから頑張らなくっちゃ！」

張りきって言ってみる。あちこちから喜ぶ声が聞こえる。うん、美味《おい》しかったものね。豪快だし美味《おい》しいしで大人の皆はお酒も進むしね！

（ナビさん。大きなタライはあるかしら？）

〈ございます。収納に木のタライ特大とあるものがそうです〉

分かった、ありがとう。……うん、あった。コンロとセットで作ってある台の上に木のタライ特大を出す。

「お母様、この木のタライの中に小さい氷を沢山出して下さい」

お母様は不思議そうな顔でやって来て、タライいっぱいに小さな氷を山盛り出してくれました。その氷の山に無限収納から出来たてのビールの瓶を突き刺して行く。キンキンに冷えたビールこそが正義〜！

「あら？　これは何かしら？」

「食事が始まってからのお楽しみです」

ふんふふ〜♪　たっのしみ〜♪　ルークだけが、瓶ビールを凝視してるけどスルーします！

料理長のところに行き、材料を出して行く。一度作った料理は覚えてくれて、なんの指示も要りません。箸休めは枝豆にしました。やはりビールには枝豆でしょう。ご飯も炊いて貰い、小さい子供達用の辛くない蒸し料理もお願いする。

デザートはイチゴです。イチゴ、大人気なのです。ツヤツヤピカピカのイチゴちゃん。大人も子供も喜んでくれます。料理の量を料理長と相談しますが、今日はビールの試飲会も兼ねていると告げると魚介は増量となりました。後はお任せです。

家族全員とルークはタライの周りに居ます。家族全員はビールを注視してますが、ルークだけは私とビールを交互に見てます。

ルークの隣に行くと、ビールを指差してゴクリと喉を鳴らしました。

「これ、ビール……だよな？」

笑顔です！　ヨダレを我慢して笑顔で応えるのです！　ガンバレ私！

「ですよ」

「マジか……今晩って、前に作った魚介のピリ辛蒸しだよな。飲ます気満々か……」

タラリとルークの口元からヨダレが垂れたのを見ました。普通だったら百年の恋も……でも、ルークは我が家初のお泊まりの時ラーメンでぐしゃぐしゃになってたからなんとも思いません。むしろ食いしん坊ってちょっと嬉しいです。だって、食が細いと心配になるもの。

それにね、私の食べたい物を喜んで一緒に食べてくれるって気持ち良いの。勿論婚姻したら、ルークが食べたい物を一緒に食べたいし作りたい。

「ぬぅ……まだかぁっ！　料理長ぉっ！」

お父様が吠えました。漂う匂いに抗えなかったようです、まぁピリ辛蒸し料理の味を覚え更に見たことも無いお酒を前にして耐えられなかったか……

「料理長！　枝豆があるなら持って来て！」

「へいっ！」

枝豆が入った大皿と皮入れのボウルをチョッパヤで持って来ました。

ホカホカと湯気を立て、塩を塗《まぶ》した枝豆の香りがプゥンとして私も限界です。お母様もクネクネしながら私を見てアピールして来ました。収納からワイングラスを人数分出し、ビール瓶を持ち上げ……冷えてる〜！　あ！　栓抜き！

〈収納にあります。マスターの記憶を頼りに作りました。是非とも感想をお聞きしたいです〉

（分かった！）

収納から栓抜きを出し、カチッと王冠に当てる……瓶ビール！

キュポッ！　と栓を抜くと白い冷気がフワッと上がる。グラスにトットットッ……と注ぐ。黄金色の液体、泡……完璧だ！　後は味だけよ！　まずはお父様に次にはお母様。更にお兄様達に！

「エリーゼ、これはなんという酒なのだ？」

「ビール……ですわ」

「そうか、では新しい酒、ビールを頂こう！」

グラスを高く掲げた後、お父様が一口含む。

うーん、渋いお顔になったわ。まぁ、なるか……苦味とか喉越しとかが特徴なんですもの。

「苦いが、こういう酒なのか？」

「そうですわ。お父様、枝豆をお食べになって」

「うむ」

枝豆を手に取り、プチプチと口に放り込み……ガッ！　とビールを再度ゴクリと飲み……枝豆を手に……ループです！　お父様、ビールと枝豆のループにハマりました！

「ぬぅ！　止まらぬ！　これは素晴らしいな！」

「でしょう。魚介とも合うので、枝豆でお腹いっぱいにならないようゆっくり楽しんで下さいませ」

「分かった！」

分かってない（笑）。手の速度が変わってません。お母様もお兄様達も始めました。最初の一口はちょっと眉が寄りしますが、枝豆を食べた瞬間に笑顔に変わりノンストップになります。お母様も一見すると優雅な手つきですがスピードが普段と違います。そのペースで飲んだら、酔っちゃいますよ。

「なんで……」

「ルーク、私達いくつだったかしら？」

「十八……だが、こちらでは立派に大人だろう！」

必死ですが負けませんよ。

「こちらでは一応そうなってますし、婚姻も出来ますね」

「ならっ……」

「でも諸外国でも飲酒・喫煙は二十歳以上の所もあったのよ。理由は健康の為って事もあるけど一番は成長阻害よ。妊婦さんの飲酒がよろしくないのは良く知られてるけど、未成年期は体が出来あがってないからダメ！　色々聞かされてたからさすがにアルコールは二十歳過ぎてからよ」

「わかった……なんでダメなのかほとんど知らないからさ……」

「んー……脳細胞がダメージ受けたり、内臓にダメージ受けたり？　後、依存症も怖いわよね……

大人になって嗜《たしな》む位なら良いと思うけど毎日酒びたりとか嫌だわ……」

前世、友人の父がアルコール依存でどんどん酷くなって会う度辛そうだった。

お父様もお母様もお兄様達も肝臓ツヨツヨなのかちょっとやそっとじゃ酔いつぶれないし、量も今日は飲んでるけど毎日飲みまくってる訳じゃないし意外とコントロール出来てるっぽいのよね。

「私も飲まないんだから、ルークも飲まない！　ねっ！」

「分かった。エリーゼも飲まないなら我慢するか！」

「二十歳になったら盛大にやりましょ！」

「おっ！　飲み会か？　良いな！」

二人で笑いあってビールを飲んでる大人達を見る。

ルークが時折ノエルに枝豆を一掴み渡して、ルチルと仲良く食べてる姿を見守るルークのイクメン振りに胸熱！　勿論、私もタマ達に渡してますがやはり魚介の匂いにやられてるので気休めのようです。枝豆食べながらチラッチラッと見てますもの。私も見ちゃいますけどね！

「お嬢！　お待ち！」

大皿に盛られた魚介のピリ辛蒸しが来ました！　もはやビールは五本空いてます！　キュポッ！キュポッ！　とどんどんビールを開けて置いて行きます。冷えてる物を一方に寄せ、常温の瓶ビールをザクザク氷に刺していく。

あちこちで歓声が聞こえる。それと共に瓶ビールを木のカップに注いで飲む人達が出てくる。最初の一口に変な顔をするが、枝豆や魚介を口にした瞬間に顔つきが変わり次々と飲んでは食べてを繰り返す。

勿論、私もです！　ニャンコ達もチュウタローも魚介にむしゃぶりついてます。

「ハフッ！　このピリ辛サイコー」

ルークは豪快にイセエビをブリンッ！　と殻から外しガブッと齧り付く。私はホタテをチョイス！　ジュワッと溢れる汁は甘く、外側がチョイピリ辛で堪らんです！　貝類は全部殻から外されてるのが有難い！　グイッと冷えた麦茶を呷《あお》る！　冷えた麦茶が無限収納にあったのでガブ飲みです！

「美味《うま》い！」

思わず出ちゃった！　やっぱり冷えた麦茶って良いよね！　大きな貝のむき身に大アサリに大ハマグリ！　どっちも美味《おい》しい！　カキもあるしホッキ貝もある！　魚はトゥナにシャケ！　ブリにタイ！　イセエビ、オマール、車エビ！　美味《おい》しい！

ん？　フラフラとお母様がやって来たわ、何かしら？

「エリーゼェ～、このビールって、苦いけどとってもお料理に合うわぁ～！」

酔っぱらいになってる！　放置していた栓抜きは絶賛活躍中で、空き瓶の数がおかしい。ハッ！　タライからドンドン減ってる！　ちょっ！　マジか！　空き瓶を回収しに歩き回る。もはやお母様に構ってる余裕が無い！

「お母様、瓶が大分空いてしまったので片付けますわ」

「え～！　お母様の相手はイヤなのぉ～？」

ギッ！　とお父様を見る。ヤロウ！　ラッパ飲みしてやがる！　オマールエビのむき身片手にラッパ飲み！　誰も止め……くっ！　お兄様達もラッパ飲みになってる！　なんて事だ！　飲みやすさが仇《あだ》となったのか？　それとも、実は男ばかりの討伐時はワインもラッパ飲みだったのか？上品さをかなぐり捨ててスーパーラッパーになるとか！　どうなってる、我が家の男達は！　しかも、滅茶苦茶笑ってるし！

「くっ！　あれは……無理だ……」

「エリーゼェ～？」

お母様の相手も無理！　誰か……誰か居ないのか？

「どうしたにゃ！」

「なにかあったのかにゃ？」

イカーン！　このままでは私のカワイコちゃん達がっ！

「ん～？　タマちゃんトラちゃん。可愛いわね～！　なぁに？　何が食べたいの？」

お母様がタマトラに絡み出した！　ピンチ！　ピンチですよっ！

「おさかにゃにゃ！」

「そうにゃ！　おさかにゃたべたいにゃ！」

お母様がご機嫌でトゥナの大きな切り身をお皿から取り出し、スチャッとしゃがみタマトラそれぞれに差し出した。

「はい、トゥナですよ。食べたい物があったらお母様に言うのよ。なんでも取りますからね」

……お母様、慈愛に満ちた目でニャンコ達を見てます。母性本能全開になってる。

「フフッ……キャスバルとトールを思い出すわ。あの子達も幼い頃はこんな感じだったわ……」

なんか……なんかヤバい気がする……

「あっという間に大きくなって、嬉しいけど寂しかったわ……タマちゃんとトラちゃんはずっとこのままなのよね。ずっと可愛いままなのね……」

アカーーーーーーン！　どうしよう！　私にはお母様のフォローは出来ません！　の事よ！

「フェリシアー！　何、しんみりしてる！　さぁ、飲もう！　ホラ！」

お父様っ！　酔っぱらいの勢いそのままに来たーーーーーっ！

「そうですよ、母上ーーーーっ！」

トールお兄様、陽気ですね。

「はーはーうーえー！　飲みましょう！」

キャスバルお兄様まで立派な酔っぱらいです。お母様、怒るかな？　ドキドキしちゃう。

「旦那様……キャスバルにトール……お母様、ここでタマちゃんとトラちゃんと一緒にいるわっ！もう、貴方達大きいんだから好きなように飲んでいたら良いじゃない！」

「お……俺に一人で飲めと言うのか！　フェリシア！」

ちょっ……お父様、大人げない！　お母様がちょっと拗《す》ねただけで！

ん？　ビール瓶をキャスバルお兄様に渡して、お母様に近寄って……ちょっと！　ちょっと！

…………オイ。お母様をキツく抱き締めてベロチューですか。家族いるのにか！　恥ずかしげもなくやるか！

「愛してる。フェリシア、どうか俺の側に居てくれ」

愛してるとか言いましたわ！　目の前で……ドラマティーーック！　でも酔っぱらいです。

これじゃあ、お母様はお父様と一緒に行くかな。

「勿論よハインリッヒ様。貴方の側に居るわ。だから、ハインリッヒ様がこちらにいらっしゃい」

「うむ、分かった！」

くっ！　お母様が行かずにお父様が来た。しかも最後命令してなかった？　私の気のせい？

酔っぱらいめぇ！

なんか……なんか負けた気がする……

「ハーッハッハッハッ！　父上と母上はいつでも熱愛中だな！　な！　兄貴！」

トールお兄様、デリカシーとか知ってますか？　酔っぱらいに言っても仕方ない事なので言いませんけど！　キャスバルお兄様にネタ振りとかし……うん？　キャスバルお兄様はどこだ？

「エリーゼェ……」

ぎゃーーーー！　背後から抱き締められたぁ！　あわわわ……イケメンなお兄様がとんでもない色気で微笑んでいらっしゃる。喰われる……これは喰われてしまう……ルーク……はダメだ、ノエルとルチルに夢中になってる。私、涙目になっちゃいそう。

「この酒……ビールは良い酒だな。なぁ……エリーゼ……たまにで良いから小さい頃みたいに呼んでくれ」

小さい頃だと……

「え？　キャス兄さま？」

言った瞬間ギュウギュウに抱き締められ、泣かれました。

「エリーゼェ～！　エリーゼェ！　後、半年で婚姻とか兄さま寂しいぞ！」

ヒデェ酔っぱらいだ……飲みすぎは危険だ。こんなに本音がボロボロ出ちゃうとかヤバい。私の精神に。てかスーパーシスコンキツい。

「ふぎゅっ！」

「エリーゼェェェェ！」

「エリーーーーゼェェェ！」

くっ！　苦しっ！　視界がせーまーいー！　キョロキョロと目だけを動かして分かった事はルークごとキャスバルお兄様とトールお兄様に抱き締められているということでした。

いつの間にトールお兄様とルークまで！　私、サンドイッチ状態です！　満員電車に乗った事ないですけど、これが満員電車状態なんでしょうか？　苦しいです。東京の人達はこんな拷問染みた状態で毎日過ごしていたんでしょうか？　尊敬します。

〈マスター！　しっかりして下さい！〉

ナビさんの声が聞こえる……しっかりってなんでしょう？

「くっ！　キャスバル！　トール！　エリーゼが潰れるっ！」

ルークの声が…………聞こ……………え……………………

「ごめん！　ごめんよーーーっ！　エリーゼーーーーッ！」

うる……さ……い……

「済まなかった。エリーゼ……目を開けてくれ……」

キャスバルお兄様の声が……聞こえる……

「おきるチュッ！　おきるチューーッ！」

「ルチル！　やさしくするにゃ！　ご主人をきづかうにゃ！」

ルチル？　ノエル？

「主……おきてにゃ……」

「主……主……」

ピュウ～（起きて……）

え？　なんか悲しんでる？　頑張れ……頑張れ、私！　目を……見開け！　なんとか頑張ってユルユルと開く。大きなお目々からボタボタと涙を落とすタマとトラジの姿が見えて慌てる。ヒナも心配そうに項垂れて私を見てる。

「主ーーー！」

「よかったにゃーーーっ！」

ビシイッ！　ビシイッ！　と温かくてフワフワの体が抱き付いてきました。

「気が付いたようだな。大丈夫か？　エリーゼ」

ひゃっ！　え？　お父様？　え？　何？　どうして？

「キャスバルとトールが力任せにエリーゼとルークを抱き締めたもんだから二人共気絶してしまったんだよ」

説明ありがとうございます、お父様。おかげでなんとなく分かりました。

地面に転がされているルークにくっついてワアワアしてるノエルとルチル。

お父様に抱き抱えられてる私と私にくっついてるタマとトラジ、その後ろで蹲《うずくま》って見てるヒナ。

そして……私に向かって土下座してるキャスバルお兄様とトールお兄様、とオコになってるお母様。カオス！

ふぅ……飲んでなくて良かった。もし成人して飲んでたら吐いてたし、ヘタしたらもっと危なかったわ。良かった、未成年で飲んでなくて。

「お父様、ありがとうございます。タマもトラジもごめんね」

ヨロリとしたけど、なんとか上半身を起こす。まさかお兄様達があんなにはっちゃけるとは。ビール恐るべし！　だわ。

「お母様、お兄様達を許して下さい。私は怒ってませんわ」

「でも、やり過ぎです。その為の反省です」

その土下座が？　ずっと頭を地面に擦り付けてますよ。なんで土下座なのかは聞かないでおこう。

「キャスバルお兄様もトールお兄様も、もう十分です。楽にして下さい」

顔を上げたお兄様達は泣きっ面でした。イケメンは泣いてもイケメンでした。

「お母様、私まだ食事の途中なんです。食事に戻りましょう。さ、お兄様達も」

いまだ回復しないルークをそっとしておいて、食事に戻ります。お父様もお母様もお兄様達も食事に戻りました。だってまだお腹空いてますもの。

「ノエルもルチルもいらっしゃい。一緒に食べましょう」

そう声を掛けるとノエルとルチルはトテトテと走って来ました。とりあえず私は楽しくカワイコちゃん達と晩ご飯の続きをします。ゴメンね、ルーク。

イセエビを二個食べて満足したので、ルークを起こしに行きます。私が見た限り二個は食べてたので。え？　もちろんルークがですよ。

近寄ってツンツンと突くとイケメンの顔がピクッとして、なんだかドキドキします。良く見なくても綺麗な顔立ち……でも顔に惚れた訳じゃないんだよね。なんだろう、本能なのかな？　アニスもそんな事言ってたし、シルヴァニアの本能コワっ！　あっ！　起きそう！

「ンッ……」

なんだ、その色っぽい声はっ！　前世のお母さんの大好物の萌えが理解出来ちゃう！　イケメンでイケボの威力かっ！　まっ……負けたりなんかしないんだからっ！

「う……あ……エ……リーゼ？」

ちょっとぼんやりしてるイケメンは色っぽくて、男らしさよりも何か違うこう……罪あ……想像しちゃってゴメン！

「ヤメロ！　そんな目で俺を見るな……」

責めるような目つきで釘を刺されました。きっと、私がヤオイ的思考に行きかけたのが分かったのでしょう。

「ごめん。いい加減起きて、ご飯食べよ？　それとも、お腹いっぱい？」

「いや、食べる」

立ち上がりクリーンの魔法を掛けて、私の隣に立つ。チラッと顔を見合わせて皆の所へ戻る。

ニャンコ達もルチルもヒナもお腹いっぱいいらしく（そらもう、食べたいって言った物をじゃんじゃん食べさせましたからね！　私とお母様で！）、仲良く車座に座って（ヒナは蹲《うずくま》ってる）イチゴを摘まみながら楽しそうにお喋りしてる。

ビールは大人気で請われるまま出し、飲んで貰いました。あちこちに冷えた水を鍋に張って、さらに大きめの氷を入れて置いておきました。きっと皆飲みたくなるだろうから……

お父様もお母様もお兄様達も今は台から離れてます。ビールですからね、ハイペースだった家族は全員御手洗です。

「今なら落ち着いて食べられるからね」

爽やかな笑顔でサラッと言ってきました。

「後で料理長と話をするだろ？　早く食べないとな！　側にいないとな！」

思ったよりやきもち焼きか！　ジェラシーがヒドい！

「料理長の事、信じてないの？」

「あいつだって男だ」

はあ～？　いや、生物学的には男性ですよ。でも、料理長は私に恋愛感情は無いと思うのよ。近寄る男は皆敵か？　ホント、どうよ？

「……ルーク……料理長は料理長だよ。私の好きな男はルークだけだよ。もし、料理長が私に不埒《ふらち》な真似をしたら全力でグーパンチをドテッ腹に入れる位するわよ」

なぜかカチカチという音がルークから聞こえた気がしましたがスルーしておきます。これが好きな人の反応だなんて認めたくないので。まさか、この程度の言葉で歯の根が合わないなんて残念な事だわ。

「俺の好きな女が実は無双出来そうなのがツライ……」

とんでもない事言いやがりました！　無双とか私の怒りがモリモリになりますよ！　もぅ！

「ねぇ……私をどんな女だと思ってるのかしら……」

笑顔だ……笑顔で言えば、ゲロってくれる……そう、思っていました。

「気のせいだよ。エリーゼは俺の女神様だから！」

それは暗に私は戦闘能力の高い女神で自分はただのモブザコだと言っているのか？　まあ、良い。追及はしないで……いや、するべきなのか？　とりあえず置いておこう。

「なんとなくだけど、ルークが心配するような話じゃないと思うの」

ん？　と私の言葉を待ってくれるルークに小声で囁く。

「実はね、うちのパーラーメイドが料理長ラブなのよ。ひょっとしたら、そこら辺かな？　と思ってるの。うちの領は婚姻推奨が激しいから、王都なら見過ごされた適齢期シカトも、領地じゃそうはいかないから……」

「婚姻推奨？　どういう事だ？」

まぁ、そうですよね。他領ではそんな事言わなくても、人口減少なんてしないもんね。

「魔物が出る事は分かって貰えたと思うけど、ここはそもそも魔物が多い地域なのよ。で、討伐専門の兵士達が居るのは分かるでしょ。領主が人口減少を食い止める為に打ち出したのが、婚姻を推奨する政策なのよ。娼館に通う事無く、早々に婚姻して一人でも多く子供を持てってこと。再婚率も高いのよ、発散する所が無いからね」

ふむ？　と考え込んだルークは小さく「なる程……」と呟いた。

「料理長の年齢を考えると、本当なら二〜三人子供がいてもおかしくないのよ。男性は大体二十歳前後で所帯を持つから」

「マジか！」

驚いてます。そうですよね、前世の日本じゃ適齢期長いものね。今世の統計は取ってないけど、寿命も平民は長寿とは言い難いもの。その辺りを考えると早いとは思わなくなるのよね。

「お兄様達は滅茶苦茶晩婚になるのは、お相手の年齢があるからよ。キャスバルお兄様のお相手は私の一つ年下の帝国侯爵令嬢だし、トールお兄様のお相手はウナス伯爵令嬢ヒルダで私の二つ年下だもの」

「年の差婚！」

アチャーって顔しないで頂戴！　ちゃんと理由があるんだから！

「仕方ないのよ。大型魔物討伐をクリアしないと婚約出来ないのよ。昔の話だけれど……確かお祖父様は討伐の時に亡くなったお兄様の婚約者と婚姻したのよ。感情にまかせて婚約したら互いに不幸になるからって理由で婚約は大型魔物討伐の後になったのよ」

「なる程な……死亡率の高さもあるか……その年頃ならどうしても年下の令嬢が婚約者になるか……」

「うん……しかも年の近い令嬢は全員婚約者持ちだったしね……」

二人して無言になりました。幼少からの婚約者が亡くなるって悲しいし、自分の行く末も心配になるもの……お祖父様の気持ち、お祖母様の気持ちを考えるとなんとも言えない。悲しい過去である事は間違いないのだもの。私はそんなことは知らなかったけど、お祖父様は豪放磊落《ごうほうらいらく》な方だけど意外と気遣いも出来るし、本当はとっても優しいのよね。声と発言がちょっと裏切ってる感があるけど。でもおっとり優しいお祖母様を思いやってるし色々あったって言ってたけど今だって仲良く過ごしてるんだし、きっと二人で乗り越えたのよね……

ちょっぴり気まずい雰囲気だけど、少しだけ気持ちを浮上させる。結構、お腹が膨れてきたのでデザートにしようと思う。

イチゴを笑顔で差し出す。私は慣れ親しんでいたイチゴ『あきひめ』だけど……

「食べよ」

ジッとイチゴを凝視するルークは何か思案顔です。なんでしょう？

「あきひめみたいな苺だな」

「え？　あきひめだよ」

「マジか！　品種あるの？」

「これだけかな？　いや、探せばあると思うけど。イチゴは品種無しとあきひめとある。あと、お米も。レベルが上がったら品種が出てきたのよね」

懐かしそうな嬉しそうな、少しだけ悲しそうな顔でイチゴを摘まむ。

「うん、甘酸っぱいな。美味《おい》しい」

「ね」

二人で少し摘まむ。甘酸っぱい味。この世界では初めての上等な甘酸っぱい味。

「失礼致します、エリーゼ様。フェリシア様がいつもより酔ってしまわれて、どうしましょうか」

エミリが声を掛けて来たけれど、エミリの後ろにはアレク・レイ・フレイの三人もいた。うん、ビールの時はトイレ通うし大変だよね。

「そうね、お水を飲んで楽にするのが良いと思うわ。他には、ちょっと思いつかないわね」

ペコリと頭を下げたエミリは、後ろにいた側近達に目配せをすると側近達は水入れに水を汲み始めた。本当は他にもあるけど乳製品が無いから言えない。

「ありがとうございます、エリーゼ様。私達はあまり口にしなかったので、分かりませんでした。ですが、少し苦しそうなので心配致しました」

あー……確かに。ワインばかりの所にビールだからなぁ……しかも喉越しとか色々違うもんだからグイグイいっちゃうんだよね。

「お水を飲ませるのが、一番良いと思うのよ……とにかく水を飲ませてトイレに行ってもらって。大変だと思うけど、よろしくね」

「はい。では失礼致します」

エミリはそう言うと、アレクから水入れを受け取り馬車の方へ消えて行った。

大変なのは明日の朝かな？　二日酔いっていうのがあるからな……

あちこちに酔っぱらいがいるけど、量としてはそれ程飲んでないと思うのよね。多分、一番飲んだのはお父様だから……一番ヤバいのはお父様かな。……頑張れ、アレク！

元王都邸の料理長ジムの相談と楽しい夜

側近達を見送ってヤレヤレと思った頃、料理長が神妙な顔で近寄って来た。

私達が居る台の上は既に粗方片付いていて、枝豆と数本の麦茶の入った瓶が刺さったタライ。そしてイチゴが盛られた器。この台には私とルークしか居ない。

ニャンコ達は台から良く見える場所で車座でお喋りしてる。

「お嬢。ちょっと良いですか？」

「勿論よ、ここでも大丈夫かしら？」

大丈夫って言ってぇ！　私の為に！

「勿論です」

ちょっとテンションひっくー！　えー！　ジェニファーの話じゃないのかしら。

「良かったわ。話って何かしら？」

うーん？　いつもはハキハキしてるのに、話し辛いのかな？　急かしても仕方ないしね、ちょっと待って……いや、少し飲みながらの方が良いかな？　グラスなら出せば良いだけだし。

コトリとグラスを出し、麦茶をタライから出す。

ルークのグラスに注いで、自分のグラスにも注ぐ。最後に新しいグラスに注いで、麦茶の瓶を静かに置く。新しいグラスを料理長の前にコトリと置いて、ニッコリと微笑む。

「ビールじゃないけど喉渇くでしょ？　……ね」

「ありがとうございます。頂きます」

頭を軽く下げてグラスを受け取り、チビチビと口を付ける。

「あの……っ……その、実は……その、パーラーメイドのジェニファーに、そのっ……」

あー……やっぱり、ジェニファーに告られたのかな？　ジェニファーだって良い年になるし、出来れば将来有望な男と一緒になりたいし。料理長も年が年だから邸に戻ったら、即婚姻しろって言われるだろうしなぁ……チラッとルークを見ると、コクコクと麦茶を飲んで枝豆を摘まんでる。でも、聞いてない訳じゃないみたい。

「その……ジェニファーに婚姻して欲しいって……俺に……今まで考えた事無かったけど……でも、領主館に着けば必ず言われる事で……お嬢、俺は……俺は、どうしたら良いんすか……」

料理の事なら迷う事無く突き進めるのに、それ以外はてんでダメなのか？　うん、私の所に来た時点でヘタレか。

「邸に着けばって事は分かってるんでしょう。二十九歳にもなって独り身なんて許されないわよ。領主館の料理長から別の女の子を勧められたら断れないでしょう。料理長はジェニファーの事嫌いなの？」

顔を赤くしているから、気持ちが無い訳じゃないのね。むしろ照れてるのか。ササッと決めれば良いのに。

「そんな事……その、俺みたいなオッサンにあんな可憐なジェニファー嬢は……パーラーメイドが美人じゃなきゃ務まらないって事は良く知ってます。なのに、俺みたいな料理の事しか考えられない男に……」

オイ……笑顔だけど、般若面《はんにゃ》になりそう。

「そんな事聞いてないわよ。料理長はジェニファーの事嫌いなの？」

「すいやせんっ！　嫌いじゃないっす。むしろ、そのっ……」

なる程、むしろ好きなのか。なら受け入れて約束でもなんでもすれば良いと思うのよ。そうすれば、邸に着いてから色々やりやすいしね。使用人棟の部屋割りだって、未婚者と既婚者じゃ違う訳だし。婚姻式あげるってなったら、皆お祝いすると思うし私だってお祝いするわよ！

「嫌いじゃないなら、婚姻したら良いじゃないか。彼女が望むんなら男らしく受け止めてやれば良いだろう」

黙ってたルークが発言致しました！　私もその意見には賛成なので、コクコクと頷いておく。

「お嬢も賛成なんすね。その……あんな年下の女の子から言われるなんて、何か情け無いような……」

「ジェニファーも領主館に戻れば、ルキノ子爵から婚姻しなさいとか言われると思ってるんじゃない？　だったら、領主館に着く前に決めておきたいと思ったんじゃないかしら」

驚いた顔で私を見るのは止めなさい。貴族令嬢なら、当たり前だと思うわよ。ジェニファーは、そろそろ二十歳になるからタイムリミットなのよね。シビア～！　貴族令嬢だからヘタしたら知らない人と婚姻することになるもんね。二十歳なら婚姻して子供作れって言われてもおかしくないもんね。

料理長の拳にグッと力が入ったの確認しました！　どうする？　どうなる？　ドキドキしちゃう！

「俺は……お嬢、話を聞いてくれてありがとうございました。ジェニファーと話してきます」

グイッと麦茶を飲み干して、グラスを置いて頭を一度下げてから私達から離れて行った。

「きっと、料理長はジェニファーと一緒になるな」

それは予感。幸せな予感。

「ええ、きっと一緒になるわ。料理長ならルキノ子爵も頷くでしょう」

「そうか」

「そうよ」

そっと肩を抱き寄せて、こめかみに優しいキスをしてくるルーク。

「俺達より先に婚姻式挙げるのかな？」

寄り掛かってルークの端整な顔を見上げて、コクリと麦茶を飲む。

「んー……職場結婚だし、分からないわね。そこはお父様とお母様が決めると思うわ」

「そうか。それにしても、この麦茶美味《うま》いな」

ポツポツと話しながら、麦茶をコクコクと飲んでいく。二人きりで、こんな風に飲むのは思ったより幸せで気持ち良い。ずっと、こんな風に過ごせたら良いのに。

ちなみに麦茶、六条麦茶です。美味《おい》しいですよね！　チビナビちゃん達が焙煎《ばいせん》してくれたのよね。

どれくらい飲んでいたのか……あちらこちらで酔い潰れた隊員や男達を横目に見て、目の前に並ぶ空瓶を見つめた。思ったより飲んじゃってるわね……空瓶は全部収納したし、後片付けは酔い潰れてない隊員や使用人にお願いすれば良いよね。

空のグラスに麦茶を注ぐ。フイッと流した目線の先には枝豆のガラしかない。お摘まみ無くなっちゃったな……粗方食べちゃったから、何か出すしかないのよね。小皿をコロンと出し、赤味噌をちょっとだけ小皿に出す。今度は少し大きいお皿を出し、キュウリを出す。魔法で頭とお尻を少しだけ切り次は縦半分に切る。

キュウリを手に取り、赤味噌を付けて齧る。懐かしい味。思い出の味と言っても良い味。ジワリと景色が滲む。ルークも赤味噌を付けて食べているのが、ポリポリとした音で分かる。

「美味《うま》いな。懐かしい味だな……昔は……日本じゃいつでも食べられると思って、食べなかった。だけど、この世界では一生食べられないと思って苦しかった。食べたかった。懐かしくて無性に苦しかった。戻れないって辛い事だと思い知らされたよ」

コツンッと額を合わせて悲しい微笑みを浮かべる。止めて、切なくなっちゃう。サッと顔をそむける。

「泣くなよ。な」

「うん」

味噌キュウリを齧っては麦茶を飲む。こんな風に好きな人と飲むなんて、初めての経験で私のどこかが溶けていくようで甘くて切ない。

特に会話する訳じゃない、コクコクと飲んでポリポリと齧る。ただ、それだけの時間。

僅かに残った麦茶をルークのグラスに注いでしまう。最後の一瓶が空いたので、さっさと収納してしまう。

「このグラスがラストよ」

そう告げて、残ったキュウリの縦半分を手に取る。

「ん。キュウリも終わりだな」

最後の縦半分のキュウリを取り、赤味噌を付けて齧るルーク。

ただ一緒にいる時間が愛おしくて、幸せで離れたくなかった。

キュウリを食べきり、麦茶を飲み干してグラスをクリーンな魔法でキレイにして収納してしまう。

「戻るか……」

「うん……」

そうして二人並んで、のんびり歩きながら馬車へ行く。勿論、後ろにはテイムした子達がゾロゾロついて歩いてます。

「着いたな。離れがたいけど仕方ないよな……お休み」

「ええ、お休みな……」

「いやっチュ！　にいにいにあいたいっチュ！」

お休みの挨拶はルチルのチュウタロー要求で中止です。まぁ、チュウタローは自業自得で島送りに為ってるけどそろそろ戻しても大丈夫でしょう。

「エリーゼ様、そんな所で話してないで中に入って頂いたらいかがですか？」

アニスがソーッと扉を開けて声を掛けてくれました。そうよね、外で喋っているよりも中の方が良いわよね。

「ルーク、中で話しましょう」

嬉しそうな顔になりました。ルチルが器用にルークの肩にタタタッと登って頭にビシッ！　とくっつきました。

イケメンの頭にくっつく黄色の巨大ハムスター……あの短い手足……もとい、前足がヒシッ！と顔とかにくっついて……ダメ……笑っちゃダメ……耐えるのよ、私！　それにしても、ルチルもチュウタローもやっぱりハムスターなのよね、モルモットじゃなくて。なんでかしら？　性格かしら？

「無理せず笑って良い。想像すると、ちょっとおかしいからな。邪魔するよ」

堪えきれなくて、クックッと笑いが漏れる。

「さ、タマもトラジもヒナも馬車に入って」

「「ニャッ！」」

ピュイッ！（はいっ！）

アニスが開けた扉から慣れた様子でヒョイヒョイと乗って行く。私も乗り込む。ウフフ……嬉しいな……

私はいつもの場所に座る。既に寝る為に背もたれは外され、温かい毛皮が敷かれている。タマとトラジにクリーンの魔法を掛けると二匹共よじ登って敷毛皮の上でノエルを待っている。

入って来たノエルにクリーンの魔法を掛けてヒョイと持ち上げ、タマとトラジの近くに下ろす。

「こっちでしゃべるにゃ！」

「そうにゃ！」

「うれしいにゃ！　ボク、ばしゃのなかでしゃべるのはじめてにゃ！」

……そうか、初めてか……夜明け前の集会じゃ皆仲良くしてるものね。三匹仲良く座ってる……可愛い！　可愛い〜！　おっと、いかん。チュウタローを出さないとダメだった。

私の隣にルークが座り、アニスはグラスにお水を入れてくれてる。良く分かってる！　私とルークに水の入ったグラスを差し出し、対面席に座る。その足元にヒナが蹲《うずくま》り丸くなる。

「チュウタロー、出ておいで」

バシュッ！　と出て来たチュウタローは、私を見た瞬間クルッと背中を向けてポテッと丸くなりました。なんのアピールだ！　チュウタローォッ！

ガスッ！

え？　チュウタローが踏まれた？　アニスに？

「チュウちゃん。聞きましたわよ……キャスバル様からお仕置きされたんですってね」

グリグリと踏みにじられるチュウタロー。小さな「チッ……チュッ……」と呻き声が聞こえます。

アニスの顔を見るのが怖くてチュウタローから目が離せません。

「なにするチュッ！　にいになにするチュッ！」

ルチル！　止めなさい！　火にガソリンぶっ掛けるような発言はダメェッ！

「お黙りなさい。次期侯爵たるキャスバル様はエリーゼ様を目に入れても痛くない程エリーゼ様を可愛がってるのよ、そのキャスバル様がお仕置きするなんて余程の事よ。ここらできっちり理解して貰わないと、この先事ある毎にチュウちゃんは強制的に反省させられるわよ。ねぇ、聞いてる？　チュウちゃん」

ずっとグリグリしてる。ルチルも怒れるアニスの般若《はんにゃ》顔を見てしまったのか、無言になっている。

「答えなさい」

ドガッ！

蹴った！　蹴った上にチュウタローのフワフワお腹の上に足を置いた！　怖い！　マジでアニス怖い！

「ピギャッ！」

初めて聞く鳴き声だわ……あら、やだ。チュウタローと目が合ったわ。そんな縋《すが》り付くような目をされても助けられない。アニスとの付き合いは長いのよ、マジオコのアニスの怖さは身に染みて分かってるのよ。小さくフルフルと首を横に振る。

「エリーゼ様に助けて貰おうなんて、小賢しい……反省が足りないのね」

ヤバい！　ヤバいヤバいヤバい……謝れっ！　チュウタロー！　あ……チュウタローがアニスを見た。見たけど、ブルブル震え始めましたよ。

「わ……わるかったチュッ……ご主人のちちはあきらめるチュ……」

「乳……ですって……」

めり込んでる！　めり込んでるから！　アニス！　チュウタローはヘンな呻き声しか出てないから！

「あ……アニス。加減を……」「してます」「はい」

「にいにが……にいにがしんじゃうチュウ……にいに……」

あ～ルチルが泣き出したぁ……カオス！　般若顔のマジオコアニスとそんなアニスが怖い私と、静観するルークとヒナ。ニャンコ達は私の背後でヒソヒソ話してる！　しかもニャンコ語で！

小っさいネコの鳴き声でヒソヒソしてる！

「エリーゼ様のお心が広いのを良い事に好き勝手して……エリーゼ様のお胸は私の物なのよ！」

「『違う！』」

ん？　ルークと声が被ったけど気のせいにしてスルーです。

アニス、私の胸は未来の私の赤ちゃんのだよ！　昔の偉い人もそう言って歌ってたんだから！

「え？」

「え？　じゃなくて！　何を言ってるの、アニス！」

「チッ！」

舌打ち！　舌打ちしたよ！　女の子なのに！　私の侍女なのに！　なんで！　泣いちゃいそう！

「ふぅ……チュウタロー。キャスバルはエリーゼに関しては、軽く加減を間違える。俺も間違えると思うけど、それは自業自得だ。エリック達の乳で良いなら、エリーゼの乳は諦めろ。今回の事でチュウタローへの仕置きは加減しなくても良い事が分かった。タマやトラジやノエルには下心が無いから、俺がどうこうする事は出来ないがお前は違う。明らかにな。だから観念しろ」

……まさかのルークまで手加減しませんよ宣言。

「うん、チュウタロー。何か理由があるんだと思うけど、どうにも出来ないの？　チュウタローは乳への拘《こだわ》りさえなければヒナとも仲が良いし、私の乳に拘《こだわ》るのは止めて欲しい」

うん、誠心誠意伝えました！

「わかったっチュ……ごめんなさいチュウ……」

アニスが踏みつけるのを止めました！　良かった。丸い体を更に丸くして土下座チックに頭を下げた。ちょっと潤む丸い目とか可愛いのにね、抱っこ出来ない。

「主がダメでも、誰かにだっこされたいっチュ……」

しおらしくなったチュウタローをアニスがヒョイと抱き上げ、そのまま抱っこした瞬間でした。

「ヂュッ！」

チュウタローが力んだと思った瞬間パチッと頬袋が光りましたが、アニスが何かをしてアニスの腕の中に居たチュウタローがシュンッ！　と消えました。

「小賢しい……エリーゼ様、申し訳ありません。反射的に攻撃してしまいました」

袖口からチラッと出てた物をシャッ！　としまい込むとスッと頭を下げた。チュウタローは自業自得です。再度、島送りの刑です。ため息を吐いて気持ちを切り替えようと試みる。うん、こんな時は気を取りなおしてお気に入りの紅茶でも飲もう。しおらしい振りをしてアニスに攻撃を仕掛けるとか、ホントバカ。

「チュウタローはしょうがないわね。もう、今日はチュウタローは出さない事にしたわ。アニス、とっておきの紅茶を淹れてちょうだい。アニスも一緒に飲も！　お茶請けに何か出すから！」

何種類かの果物を無限収納から取り出し、アニスに渡す。

さっきも食べたけどイチゴは外せない！　後はブドウにミカンにリンゴにブルーベリー！　島産

のハチミツも出します。果物はまだまだあるけど、そんなに出しても食べきれないと思うのよね。

足りなくなったり、他に食べたい物があればまた出したって良いんだしね。

思いがけない夜のティーパーティーに楽しくなって笑い出す。そんな私を見てアニスもルークも笑顔になる。

「にぃにはかわったたっチュ……」

ルチルをニャンコ達が慰めています！　可愛いがMAXです！　それにしてもチュウタローのあれは赤ちゃん返りに似てる気がするのは気のせいかしら？　だとしても、その辺は良く分からないし対処のしようも無いのよね。残念だけど。なんとなくだけど、そのうちなんとかなる気がするから今は放っておこう。今はお茶を楽しもうっと！

「「「カンパーイ！」」」

後はとにかく笑いまくった事とニャンコ達と戯《たわむ》れた事だけです。もちろん、ヒナもルチルも一緒に楽しみましたよ！


「む～……何かあつぅ……」

ん～……いつもと違って狭いし暑い……なんでぇ？　それになんか……な……んか？

「ん……ど……した……？」

は？　待て！　なんでルークの声が頭上から聞こえる？　おかしかろう！

「んにゅ……エリーゼ様ぁ……」

え？　背後からアニスの声……待って！　この横向きになってる私を抱き締めてるのは……おそるおそる顔を上げて目に入ったのはルークでした！　しかも寝顔です！　ごっつぁんです！　お父様もお兄様達もルークのこんな可愛い顔見たの？　許せない！　いや、仕方ないけど！

とにかく脱出しなければ……体が動かない！　なんとか必死に頭を動かして見たのは毛布の上に転がるニャンコ達、いや！　ルチルもいたけどノエルの上で丸くなってたし可愛いけど！　そりゃあ動かないわ！　一体何がどうして雑魚寝《ざこね》になったのか……

うん、考えるのは止めよう。ティーパーティーだったのに疲れてそのまま寝落ちした私が悪い気がする。そして、もう一度目を閉じる。これが夢でありますように！　と願って。

「エリーゼ様……エリーゼ様、起きて下さい」

聞こえない……聞こえない……聞きたくない……

「エリーゼ、起きてるんだろ？」

聞こえてませんからっ！　（涙）

「主、おきてにゃ！」

「おきてにゃ！」

無理！　カワイコちゃんに言われたら逆らえないじゃん！

「おはよう、タマにトラジ！」

ガバッと上半身を起こしてフニャフニャのニャンコ達の体をギュッと抱き締める。フワフワのモフモフ！　幸せ〜！

後ろからギュッと抱き締められました！　背中に当たる膨らみ！　アニスです！

「もぅ〜ヒドイです。タマちゃんとトラちゃんの声で起きるなんて！　私が声を掛けた時は寝た振りしてましたね」

も〜ぅ！　アニスったら！　アニスもカワイコちゃんなんだから！

「うふふ〜ゴメンねアニス。どうしたら機嫌直してくれる？」

両手にニャンコ！　背後にアニス！　良い感じです！

「……尊い……」

「は？」

今、尊いって聞こえた。どういう事かな？　アレか私とアニスを見てか⁉　ここは試さねば！

ムクムクと湧き上がる好奇心！

「アニス、今だけで良いの。私の事を『お姉様』って言ってみて」

私が何か新しい遊びを思い付いたと思ったのか、キラキラした笑顔になりましたよ！

「エリーゼお姉様」

「まぁ、なぁにアニス。私の可愛い妹」

チラッと見たルークはひれ伏しました。どんだけだ！「神様、ありがとう……」そう呟いたので、そこは私にありがとうじゃないのか？　と思いました。姉妹ごっこ、ちょっと楽しい。

「意外」

少年誌愛読者で姉妹好きとか……剛の者か？

ガバリと座りなおすと、マジマジと私達を見つめます。うん、イヤらしさはミジンコも感じません。ん？　手が……どうした？　って、指を絡ませ……私達を祈るんかーい！　想像して下さい。びっくりするほどのイケメンが私達を前に正座して胸の前で手を組んで祈る姿を！　どう、返したら良いのか！　困るってーの！

バァン！

「エリーゼ！　大丈夫かっ！」

は？　キャスバルお兄様？　ぐる～りと首を巡らせ、大きな音を立てて開いた扉を見ました。怒りでつり上がっていたであろう眼差しはルークを見てゆるゆると緩み『お前、何やってんの？』な表情に変わって行きます。うん、そうですね。私とアニスとニャンコ達とそれを拝むルーク。丸くなって寝てるルチルを抱っこしてるノエル。その近くで丸くなってるヒナ。

「キャスバルお兄様……なぜ、ノックなさらなかったの？」

ノックしなかったよね？　ね、キャスバルお兄様……さすがにノック無しは許しません。

「キャスバルお兄様、何か仰る事は？」

不思議です。私、こんな低い声が出るんですね。スッと目を逸らしても無駄です。

「その……どういう状況なんだ？」

困り顔で私達を見比べてます。私にも良く分からないのですが話してる内に分かると思うのでとにかく話そう。

「昨日の夜、私とルークとアニスで紅茶を飲みました。楽しかったのは覚えてます。そして気が付いたら朝でした。私が覚えているのはそれだけです」

正直にゲロって真っ直ぐお兄様を見詰めます。

「昨日の夜、エリーゼ様は大変ご機嫌になりタマちゃんとトラちゃんとノエルちゃんと寝るんだ！と息巻いておられました。とても楽しく過ごしておりましたが、疲れも出たのか、とても眠そうで、エリーゼ様は両側にタマちゃんとトラちゃんを侍らせ、ノエルちゃんを抱っこして、私達にもさっさと寝ろ！　と仰られ皆で寝るなんて子供の頃に戻ったみたいと叫んで寝てしまわれたのです。私は暫く起きておりましたが、ルーク様の寝息が聞こえてきて私も……申し訳ありません」

「みんなグッスリねてたにゃ！」

「そうにゃ！　あさまでグッスリねてたにゃ！」

タマとトラジが援護射撃です。それにしても、私がヒドイ！

「そうか……エリーゼ、エリーゼはちょっと不用心だな……」

「そんなのヒドイ！　どうしてダメなの！　私……その気になったらスゴイんですよ！」

心の底からの叫びでした。不用心ってどうして！　キャスバルお兄様は怒ってるけど、ちゃんとした理由じゃなかったら納得出来ない！

「婚姻前に男を連れ込むふしだらな娘だって噂されるだろ！」

「婚約者じゃない！　それに二人っきりじゃないのよ！　アニスだって、ニャンコ達だっているのよ！　ふしだらな事なんて出来る訳ないじゃない！　キャスバルお兄様のバカッ！　分からず屋！」

ガーン！　って顔したけど、お兄様達がふしだらな事をやってる事位知ってるんだから！

「エ……リーゼ。その……後、もう少しで領都に着く。それまでは、その……ルークを馬車に泊まらせるのは勘弁してくれ」

困ってる！　キャスバルお兄様が困ってる！　何故かしら、もっとコマラセタクなっちゃう！

私は女優！　頂点を目指すのよ！

「キャス兄様……」

「エリーゼェェエ！」

ギュムッ！　とキャスバルお兄様に抱き締められました。アニスもニャンコ達もセットで抱き締められました。

「後、半年で婚姻するなんて俺は淋しい！　淋しいぞ！」

へんなスイッチが入ったようです。参ったな。でも、雑魚寝《ざこね》までの流れはちょっとだけ分かった。

ニャンコまみれで寝たかったのか……疲れてるな。今はスッキリしてるけどね。

「カオス……」

うん、傍観者に言われると結構クル。隙間から見たルークの姿はまだ拝みスタイルです。なのに口から出た言葉はソレですか。いや、カオスなのは間違ってないけど。

「キャス兄様。離して下さい。ニャンコ達が潰れます」

ハッ！　として離れました。

「コホン……ルークはなんで、そんな恰好なんだ」

確かに……この世界では正座は珍しい筈。顔色一つ変えないルークには驚きだけど。

「エリーゼが余りにも尊いので、心と姿を整えて見てました」

堂々と言ってのけた！　うん？　キャスバルお兄様の様子が……

「ルーク……その心意気、間違ってないぞ！　エリーゼは尊い存在なんだ！」

おかしい事を力説するなぁ！　バカ兄か！　妹バカか！　ルークも何！

ガシィッ！

……キャスバルお兄様とルークが固い握手をしたかと思ったら、そのままハグして互いの肩を叩いてます。何、やってんの。

「俺達はエリーゼの尊さを理解出来る兄弟だ」

「はいっ！」

バカ兄弟誕生か……？　いや、これこそがルークが生き延びる方法かも知れない。見守っておこう。

「キャスバルお兄様もルークもそろそろ馬車から出ませんか？」

ヤロー共は追い出します。寝起きなんですよ、私とアニス。狭っ苦しいです。

今、気が付いた！　って顔してモソモソと出て行きました。

「出てったわね。アニス、鍵締めて！　目隠しもしてから、ゆっくり支度しましょう。後、水を飲むわ。グラスを取って」

「はい」

アニスが差し出してくれたグラスには水がなみなみと注いであって美味《おい》しそうで一気に飲み干した。髪はクリーンの魔法で一応キレイにはなってるけど、やっぱり気分としてはちょっと……

「失礼致します」

アニスが髪を纏めていたリボンを解き、髪の毛を梳《す》いてくれる。シャッシャッて音と頭皮を擦るブラシの当たり心地。自分でやるのとは違う優しい当たりにアニスの優しさを感じる。やがて纏められ結い直された。

「ありがとう」

「いいえ、エリーゼ様の御髪《おぐし》を纏めるのは私の大切な仕事の一つです」

ふふふ……と二人で笑う。

「にゃう〜ん……」

「おきたにゃ？」

「めがさめたにゃ？」

タマとトラジがシュタッ！　シュタッ！　とノエルに駆け寄る。ノエルはウニウニと寝ぼけてる。

「チュッ！」

寝ぼけまなこのノエルとスッキリ目覚めのルチル。意外です。

「ノエルもルチルもおはよう。皆で朝ごはんを食べに行こうか」

「「にゃっ！」」

「チュウ！」

ピュ～イ！　（はい！）

アニスの手を握って一緒に立ち上がる。

「皆で……よ」

「はい」

小さなやり取りだけど必要な事。馬車の扉を開けるとキャスバルお兄様とルークが待ってました。

「エリーゼ……」

「キャスバルお兄様、朝ごはんを食べに行きましょう。きっと皆、二日酔いでグッタリしてると思うので胃に優しい物が良いと思うのです」

少しだけ困り顔のキャスバルお兄様にそう告げると、ヘニャリとした笑顔になりました。ルークもなんだか嬉しそうです。

「主！　おはようにゃ！」

「おはようチュ！」

小さな影がルークに飛び付きます。ノエルとルチルがルークの体に飛び付きました。愛されてるなぁ、私の婚約者殿は。……視線を足元に落とすとタマとトラジがくっついてました！　可愛いなぁ！　もう！　おっと、チュウタローの事を忘れる所だった。

「チュウタロー、出ておいで」

バシュッ！　と出たチュウタローはなんだか煤《すす》けてましたが、気にしたら負けです。出てきたチュウタローは私を見上げた後、周りを見てピシリと動きを止めました。まるで玩具《おもちゃ》のようです。

「チュッ……チュ……」

ん？　様子がおかしいな、どうしたのかしら？

「チュウタロー？　どうかしたの？」

プルプル震えている。チュウタローの視線の先にはキャスバルお兄様とアニスとルークがいるだけだけど……あ……キャスバルお兄様とアニスはチュウタローに強めのお仕置きをしたんだわ。

「大丈夫よチュウタロー。チュウタローが何もしなければ」

おそるおそる見てますが、本当の事しか言ってません。

「ほんとチュッ……？」

疑心暗鬼か！　日頃の行いが悪いからこんな事になったんですっ！

「本当よ。朝ごはんを食べたら、エリック達の所に行くと良いわ。きっと喜ぶわよ」

「チュウ〜〜ッッ！」

……尻尾フリフリ歩き出したわよ。分っかりやす！

「ルチル！　おはようチュッ！」

「にいに！　おはようチュッ！」

いつの間にかルークから離れたルチルがチュウタローに近付いて、短い両前足を合わせてます。

ああしてると可愛いのにね。

そしてキャスバルお兄様、チュウタローを睨まないで下さい。後、アニスも笑顔が黒いわよ。

チュウタロー、チラとも見ないようにヘンな姿勢になってるわよ。面白いけど。

「なかよしにゃ！」

「そうにゃ！」

「ボクもタマにゃとトラにゃとなかよしにゃ！　なかよしはイイにゃ！」

うん、仲良しは良いわね。ノエルも可愛いわねぇ。

「仲良しは良いですね、ね！　エリーゼ様」

「そうね」

うん、仲良しは良い。その方が人生楽しい気がする。

「さ、行きましょう。きっと料理長が待ってるわ」

私達は歩き出す。チュウタローが何故かキャスバルお兄様から最も離れた場所を歩いていて笑ったけど。時折ビクビクした顔でアニスを見るのは止しなさい。

コンロに近付くにつれ屍《しかばね》（笑）がそこかしこに転がっております。這ってる者や頭を抱えてる者もいます。お水飲みなさいよ！　と思うけど、構ってられません。グイグイ飲み過ぎです。

「ブッ弛《たる》んでるな」

キャスバルお兄様、鬼ぃ様になりかかってますよ。気持ちは分かりますが、キャスバルお兄様はレイが介抱してくれたんじゃありませんか？

「キャスバルお兄様は昨晩レイが介抱してくれたのでは？」

カックニン！　カックニン！

「ああ、良く分かったな」

うん、介抱された人が介抱されずに放置された人をブッ弛《たる》んでるとか言ったらダメです。

「キャスバルお兄様は介抱してもらえたのでしょう、介抱されなかった人達を責めるのはどうかと思いますわ」

チラッと見たキャスバルお兄様は、ニコリとしてます。

「そうだな、エリーゼの言う通りだ。少し配慮が足りなかった」

とにかく水分が足りないので、補水効果の高い薄めのスポーツドリンクを与えて体に優しい食事……お粥にしよう。

「お嬢！　おはようございます！」

料理長です。晴れ晴れとした笑顔です。

「おはようございます、エリーゼ様」

「ジェニファー……」

この二人の笑顔……決まったのかな。

「お嬢のおかげで婚約しやした」

「はやっ！」

照れ笑いする料理長と幸せいっぱいな笑顔のジェニファー。ハッ！　どこからか突き刺すような視線がっ！　バッ！　と振り返るとルキノ子爵が泣きそうな、そして怒ってるような複雑な顔で料理長を見てました！　……父親とは、そんな顔をして娘婿を見るのだろうか……前世含め、その辺りは初経験なのだ！

「えーと、お幸せにね！　さ、朝食を作るわよ。っとその前にお水を作りましょう」

キョトーンな料理長とジェニファーを置いてきぼりにして台に置いた大鍋にお水をダボンッ！と入れます。そこに面倒なのでテンサイ（生）をキレイにしてから、大鍋の上でギュッと絞ります。ボダボダと垂れるテンサイ汁。お塩をパラリ、お玉で攪拌《かくはん》してから一杯味見。飲めない訳じゃないから、まぁ、良いか。カップ一杯飲み干して、なんとなくもう一杯飲む。

「貰って良いか？」

「どうぞ」

早速ルークがやって来て、手渡したカップに水を注いでゴクゴクと飲み干す……なんか、なんかエロい！　なんだろう、アゴがちょっと上がっちゃうのがかしら？　上下する喉仏かしら？　朝っぱらから、どうしちゃったのよ私！

「はぁ〜！　染みる！　ありがとうエリーゼ」

「良かった」

そう返事をした私の目にフラフラと歩み寄ってくる男達と這いずって来る男達の姿が入りました。生きた屍《しかばね》みたいになってる人達はガン無視します。代わりに大鍋にスポーツドリンクもどきを追加で作って置いておきます。自分達でお飲みなさい（笑）。

「料理長、朝ご飯は体に優しいものを作ろうと思うの……とりあえず、お米を研《と》いできて」

笑顔で料理長を見て、ガンガンお米を台に乗せて行く。料理人達は我先にとスポーツドリンクもどきをガンガン飲んで、大鍋と米を抱えて消えました。

さて、お粥は基本塩味で食べる派ですが出汁《だし》派もいるのかな？　いや、ブシ花を振りかけて食べて貰おう。お粥のお供は色々作るけどね！

「料理長、今からトゥナを出すから醤油と砂糖で味付け濃いめで煮て欲しいの」

ニカッ！　と笑った料理長はなんだか頼もしい。

「任せてくだせぇ！」

「お任せします。後は青菜を出すので、お浸しにしてください。卵も出すので調理をお願いします」

「はいっ！」

料理人達に指示を出す料理長、こんな時は男前度が上がるのよね。ジェニファーは有望株ゲットなのかも。チラッと見た台には、男達が群がってます。これは足さないとヤバいかも。そう思って近寄ろうとした時です。

「お退きなさい」

……エミリの声が聞こえました。お母様が来たのかしら？　ワラワラと男達が動き……マップのお母様の表示は……遠かったです。まだ、馬車に居ます。どうやらエミリがお水（スポーツドリンクもどき）を取りに来ただけのようです。私が近付くとやはり男達がザワザワと動きます。エミリがポットにお水を注いでます。どうやら大分減ってるようです。

「エミリ、おはよう。今からお水を作るから、ちょっと待ってて」

「おはようございます、エリーゼ様。ありがとうございます。大分少なくなったので助かります」

エミリのホッとした顔に、お母様は大分酔ってたから昨晩は大変だったに違いないと内心で苦笑して大鍋にザバザバと水を作って行く。

「とにかく沢山飲んだ方が早く楽になるわ。まだ出発まで時間があるから、今のうちに飲んだ方が良いわ」

「畏《かしこ》まりました、フェリシア様にはその様にお伝え致します」

そう言うとポットにタップリの水を注いで馬車の方へ消えました。その間にも男達はガブガブと飲みまくってます。特に隊員達は真剣です。

「エリーゼ。俺も貰えるかな？」

何かを取っ払ったキャスバルお兄様が凄い良い笑顔で言ってきました。勿論、私も笑顔でカップにタプタプに注いで手渡しましたとも！　大して二日酔いになった訳でもないのに！　とか思ってます。一気飲みをしたキャスバルお兄様は無言でカップを差し出しました。もう一杯ですか、再度タプタプにして手渡しました。グーッと一気飲みして清々しい笑顔で私を見るキャスバルお兄様。

「ようやく頭がスッキリした。助かったよ、エリーゼ」

……顔に出さなかったのか……貴族の鑑《かがみ》みたいな方ですね、キャスバルお兄様。

「いえ。さすがですわ、お兄様」

さすが鬼ぃ様。間違えました、さすがお兄様です。私の返事にキョトーンなキャスバルお兄様。何がさすがなのか？　突っ込まれそうです！

「短絡的でした。その……キャスバルお兄様が二日酔いになってるとは思いませんでした。顔色がいつもと変わらなかったので……」

「そんなに変わってないかな？」

くっ！　お兄様、甘い笑顔で聞いてくるのは反則ですっ！　なんでキャスバルお兄様は私にこんなに甘いのかしら？　やはり蜜水のおかげかしら？　……いや、記憶を遡《さかのぼ》ってみてもずっと甘い……ま、いっか！　厳しいよりね！

「はい。とても頭が痛いとか気持ち悪いとか、そんな感じに見えません」

「日々の努力のおかげかな？」

ウワァ……凄い笑顔のイケメンオーラ放ってきましたよ！　ん？　いかんいかん！　お米が普通に炊かれてしまう。

「そうですね、お兄様ちょっとごめんなさい。失礼致しますわ」

ワタワタとお米の入った鍋に水を足して回る。うん、お粥さんなら、これくらいは足しておかないと。

後は料理長が上手くやってくれる筈……

「お嬢、水の量が多くありやせんか？」

サッと近寄って聞いてきました。

「これはお粥と言って、お米を多めの水で炊いて柔らかくしたものなの。今日は柔らかくて食べやすいものの方が良いと思って。もしお肉とかしっかりした物が食べたい人がいるようなら、何か出すけどどうする？」

ふむ……と考えた料理長は、卵料理を何種類か作る事にしたようです。なので台の上に卵を出しておきます。

……そろそろ卵が減ってきました。補充するべきでしょうか。

キャスバルお兄様を見ると、トールお兄様とお父様と話し込んでます。側近達は全然元気です。そう言えば嗜《たしな》む程度しか口にしてなかった気がする。

「エリーゼ！」

あら、お父様が呼んでるわ！　早足で近寄ります、だって女の子なんですもの！　嘘です、ごめんなさい！　走りたくなかっただけです。

「おはようございます、お父様。どうかなさいました？」

渋格好いいお父様も顔色とか変わらないけど二日酔い状態なのかしら？

「うむ、昨日のビールは飲みやすくていいんだが翌日には頭が痛くなるものなのか？」

説明を求められました。

「はい。飲み過ぎれば翌日頭が痛くなったりします。朝お水を飲んだり、夜寝る前にお水を飲めば多少は違います」

「なる程。では、その様に気を付ければ楽しめるのだな。ああ、先程エリーゼが用意した物を飲んだがかなり楽になった」

やはり二日酔い状態でした。貴族とは恐ろしい生き物です。何かあっても顔に出さない訓練が生きてます。……私もルークも顔に出さない様にしてますから、やはり恐ろしい生き物だと思います(笑)。

そんなこんなで私はお粥さんと青菜のお浸しで朝食を済ませました。ブシ花をこんもり出して置いておいたらニャンコ達がブシ花の周りでチョーダイアピールして……隊員達が一つまみずつニャンコ達に与えるというイベントが発生して慌てました。どこの握手会かしら？　と思うような事がっ！　手にブシ花を一つまみ持って、推しのニャンコに並ぶとか……ルークが止めました。

「ノエルは俺のだ、本人が欲しがったとしても与えるのは止めて貰おうか！」

男らしいし、飼い主感あるけどノエルが涙目でルークを見上げてる姿は隊員じゃなくてもちょっと罪悪感が芽生えると思った。

え？　私？　私はタマとトラジの後ろに立って、首を傾げながら口角だけ上げて凝視してたら隊員達が涙目でタマとトラジに謝ってトボトボと消えて行きましたけど何か？

「どうしてにゃ？」

「たべたかったにゃ」

「タマもトラジもよその人から貰わないの。メッ！　よ」

後ろから言われたからかしら？　パッ！　と振り返ったニャンコ達は残念そうな顔でした。

「欲しかったら私がちゃんとあげるから。ね、ほら」

両手にブシ花を出して、ニャンコ達に差し出します。二匹揃って私の手に縋《すが》り付いてアムアムとブシ花を舐め採ります。フフッ可愛い。

「おいしいにゃ……」

「おいしいにゃ！」

手から指から舐め尽くされてくすぐったいです。可愛いなぁ……タマもトラジも可愛い……

「おわったにゃ！」

「たべたにゃ！」

満足げなニャンコ達！　とりあえず、手はクリーンです！　ニャンコのヨダレまみれなので！

「主……もっとほしいにゃ……」

後ろから聞こえるノエルの甘える声。ヤバい……あれはあげちゃう気持ちにさせる！

「ノエル、両手いっぱい食べただろ。食べ過ぎだぞ」

「ほしいにゃあ〜ん！」

ノエルッ！　そのあざと可愛い言い方ぁっ！　てか、両手いっぱいて……

「クッ！　俺は……負けないっ！」

「なぁぁぁ〜〜〜ん！　ほしいなぁぁ〜〜ん！」

うっわ！　甘え鳴きしてる！　ガンバレ、ルーク！　うちの二匹もキラキラお目々でチラチラ窺ってます！　ここは鋼の心です。

「タマ、トラジ。朝から沢山食べようとしない！　お昼も夜もあるんだから、これでお終い！」

「にゃっ！」

「にゃにゃっ！」

チラッとノエルを見てから私を見て、ピシッと姿勢を正すと二匹とも敬礼（いつ覚えた？）をしました。

「「ガマンするにゃ！」」

「偉いわね、さすがお兄ちゃんね」

うん、ノエルの兄貴分だからお兄ちゃんで良いよね？

「にゃ……にいに……う……にゃ……ガマンするにゃ……ボク……にいににゃ……ルチルのにいにだから、ガマンするにゃ！」

あら？　ノエルったら（笑）。チラッとルークを見ると手を合わせて『助かった！』と声にならないメッセージを発しました。

そんなこんなで朝ご飯は終了です。ブシ花については、ルークとニャンコ達でちゃんと相談しないとダメな気がします。隊員達が与えようとするかも知れないので、ニャンコ達にも注意です。そう『ブシ花くれるからって、付いて行っちゃダメ！』って……昭和の児童用の標語のようです。馬車に戻り、グルリと見回すとチュウタローがなんか……なんか満たされた顔色で籠《かご》にイソイソと入って行く。見た目が可愛らしいのでウッカリ騙されそうですがちゃんと聞いておかないと！

「チュウタローよ……ご機嫌のようだね。そんなにエリック達は良かったの？」

チュウタローは朝ご飯をチョッパヤで済ませて、エリック達の所へ駆けていった。ご機嫌で尻尾をフリフリさせてる姿は可愛い……

「よかったチュ！　やさしいのがいちばんうれしいチュ！」

そうか。大分エリック達に優しくされたようだから、この先何かあったらエリック達を起用しよう。

「きもちよくて、ウッカリビリビリさせてもおこらなかったたっチュ！　ほんとうにやさしいっチュ！」

変態はどこまで行っても変態かっ！　ビリビリされて喜んだのかっ！

「そう、良かったわね。エリック達もチュウタローと一緒で楽しかったのかも知れないわね」

「うれしいっチュ！」

オゥ……本当に嬉しそうだね。ある意味ｗｉｎ×ｗｉｎな関係に落ち着いたか。ヒナはココナッツがお気に入りでパッキャパッキャさせてたし、今朝は平和なもんだったな。ん？　待てよ。ルチルは……

「ルチルって……」

「いっしょだったたっチュ！」

ナヌ!?　あの変態共の巣窟にピュアっピュアなルチルを連れて行ったのかっ！

「ルチルの技のれんしゅうにつきあってたっチュ！　やさしいチュウ！　ルチルの技もレベルがあがったっチュ！」

使いよう！　意外な使い方発見！　てか、ルチル……ピュア過ぎて何も分かってないのが救いか……

「そう……ルチルは技のレベルが上がったのね。チュウタローは八丈島でヒナと一緒に技の訓練でもする？」

ピョコーンッ！　と籠《かご》から上半身が出ました。モグラ叩きの如くです。

「やるチュッ！　ルチルにまけたくないチュッ！　ヒナ！　たのむっチュ！」

ピュピュ～イ！（仕方ないわね！）

ヤル気スイッチ入った！　うん、島送り！

「じゃあ、ヒナ、チュウタロー。行ってらっしゃ～い！」

バシュッ！　とヒナとチュウタローは八丈島に行きました。

「エリーゼ様、もぅ座って良いですよ」

朝そのまんまだったので、アニスが頑張って整えてくれました！　ありがとうアニス！　ポスンと座るとニャンコ達もよじ登って来ます！　平和な時間カモン！　です！

ゴトゴト進む馬車から見る景色。晩秋から初冬の大自然と、二日酔いを堪えて騎乗している隊員達と何故かツヤツヤしているふんどし隊と腰籠《かご》からピョコッと頭を出してるルチル。ルークはいつもと変わらないので、きっとノエルをスリングに入れてると思うの。

「さすがに皆様辛そうですね」

アニスはチラチラと隊員達を見ながらそう言います。その意見には賛成です。

「そうね。お昼もお水作っておかないと午後も引き摺るわね」

「そうですね。奥様は結局朝食はご無理だったようです。きっとお昼は召し上がると思うのですが、母さまが心配していて……」

え？　お母様の姿が見当たらないと思ったら、二日酔いで馬車で休んでたの？　いや、お水をポット一杯持って行ってるから水分補給は出来てるのよね？　じゃあ、水分補給し過ぎで食事が取れなかったって事かしら。まあ、ゆっくり休んでいたかったのかも知れないし……ちょっと様子を見た方が良いのかしら？　ポーションとか治癒魔法でなんとか出来ると思うけど、誰もやらないのよね。あえてやらないのかしら？　この程度で使うなんて！　とか？

まぁ、いいや。あれこれ考えても時間の無駄よ。

「お昼も優しい物を作っておいた方が良いかしら？」

実際作るのは料理人達ですけど。しっかりした物と優しい物があれば、体調に合わせて選べるものね。お粥とお供を数種類、後はお肉を焼いてパンを出して果実水を作ってリンゴとミカンを出そう！　ミカンが豊作で沢山あるのよね！　魔力が豊富なおかげで八丈島はいつでも豊作なのよ！季節感なんて、丸っと無視です！　南の島も合体して、もはやなんでもかんでも作っちゃおう！の勢いです！　スパイスも充実してきました！

「そうですね。領主隊の方達もまだ本調子じゃなさそうですしね」

「そうね。あの調子で魔物なんて出たら面倒だわ」

マップで確認！　異常無し！　一安心ですわ。

「そうそう、アニス！　侍女もだけど側近達は平気そうだったけど、飲まなかったの？」

コテンと頭を傾げてるアニス可愛いなぁ……

「そうですね母さま達は頂いてましたよ。少しだけ。私は麦茶と果実水をいただいてましたけど」

うーん？　と考えこんでます。アニス！　ある物なら好きな様に飲んで良いのよ！

「良いのよ！　好みがあるんだもの。今度は甘いジュースも用意する！」

甘いジュースの所でアニスがニコッとしましたよ！　うん、リンゴやブドウ以外にも作って良いよね！　桃だってブルーベリーだってアリだし！　チビナビちゃん達に頼んでおこう！

ゴトゴトと馬車は進みます。あれ？　デジャヴ？　違います。お昼を割愛しただけです。大分皆様復活しました。勿論お母様も復活しましたよ。

窓の外は大分お日様が傾いて来ました。そろそろ野営地を決め……決まったようです。


いつもと変わらない野営地の一幕なので飛ばします。心配していた大型の魔物は出ずもっぱら小型や中型ですが、隊員達が集団でフルボッコにしてました。指揮はルークがとってました。大きな街を通り過ぎたり、変わらない日々が数日間続きました。

マップの先に広がる巨大な街……その巨大な街を囲む広大な耕作地（主に桃の果樹園ですがその

外側が小麦畑とかなんです）に馬車列の先頭が入って行く。

「もう、領都に着くんでしょうか……」

アニスが期待と不安で呟く。

「そうね、先頭は領都の耕作地に入ったんじゃないかしら？」

長い馬車旅も終わりを迎える。色んな事があったな……

「ザワザワするにゃ……」

「たくさんのヒトがいるにゃ……」

「なにかドキドキするチュウ……」

ピュ〜イピュイッ！（うん、ドキドキするね！）

「皆、分かるんですかね？」

「多分ね」

色んな事があった。初めて魔物を倒した事。訳も分からず攻撃したのに私の大切な仲間になったタマ。勢いで仲間にしたトラジ。戦って仲間になったヒナ……とチュウタロー……チュウタローについては正直覚えてない。だってその後の乳問題で色んな事が飛んだのよ。

「あ、桃の果樹園だわ。もう、着くわね」

「本当ですね！　もう領都に入りますね！　ここまで来れば、魔物除けが効いてるから安全ですね！」

「そうね」

……魔物除け……あれ？　ヒナは普通に入れたわよ……

〈マスター。ヒナはマスターの従魔として魔物除けの効力外になっています〉

ありがとうナビさん。そっか……テイムした魔物は関係ないのか。ユキ元気かな？　チョロギー……ヒナと仲良くなれるかな？　不安！　信じてるけど！　あ、ユキは登録しないとね！

チョロギー……馬だけど、テイムして島送りできるようにしたい！　出来るよね！　ナビさん！

〈勿論です。マスターにテイムされるのは嬉しいと思います〉

そうかな？　そうだといいな。マップをチラリと見ると、先頭が領都の中へ入るところだった。

シュバルツバルト領都到着

まだ居住区に入ってないのに声が聞こえる。果樹園から飛び出すように人々が出て来て手を振って声を掛けてくれる。誰も彼も嫌な顔なんてしてない。思わず立ち上がり窓に駆け寄る。

「エリーゼさまぁー！　お帰りなさーい！」

帰って来たんだ……手を振り返し、嬉しくて笑顔を作る。でも上手く笑顔にならない……視界がぼやけて良く分からない。

「主、ツライにゃ？」

「にゃかないでほしいにゃ！」

タマとトラジが私の足元に来て声を掛けてくれる。

「違うの。帰って来れた事が嬉しくて涙が出たの。やっと……やっと戻って来れた、私の場所。私のふる里……」

そう……私の場所。大切な故郷。大事な家族が住む世界。私の愛する人と新しい世界を構築する大切な場所。

「エリーゼ様……」

心配そうだけど、優しくて甘い笑顔のアニスが窓を開けてくれる。

「ただいまー！」

大きな声で叫んだ。

「エリーゼさまぁー！　お帰りなさーい！」

「エリーゼさまぁー！　エリーゼさまぁー！」

「お帰りなさーい！」

色んな所から声が掛けられる。前の方からは『奥様お帰りなさーい！』って声が聞こえました。後ろからは野太い声で『トールさまぁー！』って声が聞こえましたが気にしたら負けですね！

座る暇なんてありません。石造りの大門を潜ると、人・人・人！　大人も子供も大勢の人達が通り沿いに並び手を振り声を掛けてくれる。前世では沿道から手を振る立場だったけど、今世では逆……ずっと振りっぱなしとか大変！　手が引きつりそう！　嬉しいけど、大変よ！　しかも通りの両側に人が居るからあっちもこっちも声掛けて来る！

それにしても、王都と違って華やか！　街路樹が植わっていたりしてオシャレ！　……てか、本当に店先とか華やかね！　色んなお店があるし……

私を非難する声が一つも無く、戻って来て良かった！　って言ってる声が多い事に驚きです。顔は笑顔キープですけどね。王家嫌われてたのかな？　それにしても話がまわるの早い。

……我が家の敷地まで人波が続いてるのかな？　マップを見ると、凄い事になってます。

そして領都にお勤めの衛士の皆さんが、通り沿いに立ってます。ありがとうございます。

遠くで『姫様が戻って来たぞーっ！　今日はお祝いだーっ！　飲むぞーっ！』って声が聞こえました。うん、私達も今日はお祝いです。無事帰って来れましたからね！


延々と続く出迎えの人達に手を振り続け、笑顔を振りまき横目でマップを確認する。先頭は我が家の敷地内に入ってる！　マップに表示される敷地内のマーカーの内の二つ、ユキとチョロギー。待ってる……私の事待ってるんだ。領主館敷地ギリギリの所で待ってる！

私の一番最初の子！　ユキ！

「あ……アニス……ユキとチョロギーが待ってる。私……私、ユキに早く会いたい」

「良かったですね、エリーゼ様」

気持ちがジリジリする。あ！　そうだ。今のうちに言っておかないと！

「タマ、トラジ、ヒナ、チュウタロー。貴方達よりもずっと前にテイムした子がいるの。ずっとお家で待っててくれたの。貴方達のお姉ちゃんになる、真っ白な雪狼。ケンカなんてしないでね」

「もちろんにゃ！　なかよくするにゃ！」

タマはキラキラお目々で私を見上げてトンッと自分の胸を叩く。

「うれしいにゃ！　なかまがたくさんにゃ！」

トラジはバンザイスタイルで私を見上げてます。

ピュゥッ！　ピュピュ～イ！　（ホント!?　お姉ちゃんがいるの嬉しい！）

ヒナは立ち上がってお尻をフリフリして喜んでます。

「ボクがいちばんしたチュウ……さからえないチュウ……」

チュウタローはなぜかガックリしてて四つん這いになってます。ルチルが居るんだから、ルチルのお兄ちゃんとして頑張りなさいよ（笑）。もっともルチルの主はルークだけどね！　しかも新しいノエルにいにが出来たしね！

窓から家の壁が遠くに見えて来た！

大きくて真っ白な馬と大きな雪狼が見える！　早く！　早く、入って！

真横に壁を見て敷地に入った事を確認する。

「ユキーーー！　チョロギーーーー！」

大声で呼ぶ！　私の子達！　馬車に並走するチョロギーとユキ。

「ゴメン、アニス！　ユキと一緒に行く！」

「えっ？」

返事も聞かず馬車の扉を開ける「ユキッ！」私の声を聞いて馬車の横ギリギリまで近寄る。

バッ！　と馬車から飛び出しユキの背中に飛び付く。

「ユキ！　馬車から離れて先頭に行こう！」

オンッ！　（はいっ！）

馬車から離れる。真横にチョロギーがいる。大きな体だけど優美な姿は美しいの一言に尽きる。

ピューイ！　（待って！）

ん？　チョロギーの反対側にヒナが走って来た。

頭にしがみつくチュウタローと背中にタマとトラジを乗っけて！　さすが私の子達！

家……だよね？

ユキの背中に乗って前方の邸を見る。相変わらず大きい……というか、更に巨大化してるようでドキドキする。

大きな三世帯住宅作ってみました！　的に作った邸はもはやお城ですよ！

ドッドガッ！　ドッドガッ！

力強い馬の足音が聞こえて来る。ルークが追いかけて来たのね！　フフッ……ルークったら！

笑顔で振り返ったら、ルークじゃありませんでした。

「エリーゼーーッ！」

お父様でした。スッと笑顔が消えるのが分かりました。なんで……ってお父様の後ろからキャスバルお兄様も来てます。

ブフッ！

チョロギーが乗り移れと言うようにユキに並走してきました。このままだと高さの無いユキは危険です。

「ユキ、チョロギーに移るね！」

グイッとユキの襟巻きのような毛を掴んで一瞬立ち上がりチョロギーに飛び移る。私が離れた事で軽くなったのか、ユキはスピードを上げて、大きく迂回するようにチョロギーから離れる。それと共にヒナも外れて行く。ヒナ……速っ！

お父様の『ナマス』とキャスバルお兄様『ダテマキ』、あ！　さらに後方からトールお兄様の『キントン』も来ました。私の『チョロギー』にルークの『クワイ』、お母様の『ニシメ』……全部お節関係……シルヴァニアって……いや、考えたら負けな気がする。

ナマスもダテマキもキントンもやって来て少し速度が落ちて来ました。お母様のニシメはお母様の馬車と並走してます。

ナマスの速度に合わせて邸の正面玄関を目指す……けど、遠いわ！　丘っていうより低い山みたいな場所が我が家の敷地になってる事をマップ表示で今知りました。私が認識していた敷地は邸と前庭？　前庭の扱いでいいのかしら？　と周りに点在している森とか林とか使用人棟とか……広いけど、その辺でした。規模が大きすぎて訳が分からない……

「楽しいな！」

お父様がいきなりそう言いましたが、何が楽しいのでしょう？　乗馬が楽しいのでしょうか？

「そうですね！　こんな風に馬を走らせるのは楽しいですね！」

無難な返事をしておきます。馬車列を無視して正面玄関へ突き進みます！　既に何人かが扉の前

に立って待ってます。

裸馬なので鬣《たてがみ》を掴んでますが、気持ち良さそうに走る馬達は可愛いです！　でも意思疎通したいのでテイムしようと思います！　待っててね！

「ハインツ！　今、帰った！」

お父様が騎乗したまま正面玄関に立つ黄緑色の髪、茶色の瞳の背の高いイケオジに声を掛けました。我が家の執事？　家令？　とにかく、使用人のトップです。側近と専属侍女は別系統なのですが、その辺りは良く分かってないです。馬達は指示無しで止まりました。賢いです。

ハインツと呼ばれたイケオジが、使用人を数人従えて近寄って来ました！　渋格好いいです！

「お帰りなさいませ。心待ちにしておりました、旦那様……と若様方。久方ぶりでございます、エリーゼ様。良く帰って来て下さいました」

チョロギーから下りて、近付く。

「ただいま」

「ソニアから連絡が来ております。婿君が同道なさっているとか。奥様がお認めになられた方ならば、私達も一安心で御座います。と、いう事で……旦那様と若様方。早々に邸に入って下さいませ」

あれ？　途中まで優しく微笑んでくれたのに、お父様に向ける顔が黒い笑みです。お父様とお兄様達は渋々馬から下りました。なんだというのでしょう？

「ハインツ」

「溜まりに溜まって、お部屋が三つ埋まりました。お三方で全力で片付けて下さいませ」

お父様が両手で顔を覆って天を仰ぎ、キャスバルお兄様は頬をヒクリと固まらせトールお兄様は両手で顔を覆って俯きました。え？　まさか仕事メッチャ溜まってた？

その黒い笑みを私に向け……え？　私にも何かあるのかしら？

「エリーゼ様には幾つかお伺いせねばならない事が御座います。婚姻式に向けてご準備なさるだけで済むとは思わないで下さいませ」

「は……はいっ！」

ヒエ〜ッ！　何か……何かコワっ！　私、お気楽極楽実家暮らしにはならないようです。

ザワザワと人の声が聞こえてチラッと窺うと厩番《うまや》がやって来て、チョロギーとお父様達の馬が連れて行かれました。

ピューイピュピュッ？　（私も行った方が良いの？）

「ああ、ヒナ。ゴメンね、行かなくて良いのよ」

私の後ろでお座りして待ってるユキの隣で、ヒナが三匹を乗せたまま大人しく立ってる。三匹も大人しくヒナに乗ったままだ。

「ハインツ。私、部屋に戻っても良いかしら？　武装を解いて今夜の宴の料理の手伝いをしたいの」

お父様達と何やら話していたハインツに声を掛けると、ニッコリと微笑んだ。ハインツ……そんな顔すると、やっぱり側近候補だったたって事を思い出すよ……若い頃はヤンチャ系受けの雰囲気あるわ……

「ありがとうございます。エリーゼ様のお料理は素晴らしいと聞いております……私も楽しみにしております」

どんな話になってる！　てか、自慢か！　自慢したのか！　使用人数人の期待に充ち満ちた視線が突き刺さってイタイ！　もうどこからとか聞かないから！

チョロギーは後回し！　マイルームに行くぞ！　馬車を待たずに自分の部屋に行きます！

「ハインツ！　私は一足先に自室に行きます。アニスに伝えておいて頂戴」

サッと私を見たハインツは一礼し「畏《かしこ》まりました」と返事をした。その返事を聞いてユキ達を見て笑って手でクイッとおいでとアピールする。

「ユキも皆もいらっしゃい」

扉の中へ歩いて行く。エントランスホールは広い……とにかく広い。そりゃもうここでパーティーできるかな？　って位広い。ホテルかな？　って位豪華で素敵です。

中央のどんつきにある大階段は映画に出てきそうなほど豪華で優美な造りだ。ちなみに玄関やエントランスホールに使用されてる石材は大理石です。あちこちに施された彫刻は金じゃないのかな？　もう、豪華過ぎて分からない。中央の大階段を上がり足早に自室を目指す。廊下も長い！

長い！　長い！　長い！　部屋一つが広いのだけど、そこそこ部屋数もあるから自室が遠い！　でも私の部屋の更に奥がお母様のお部屋なのだけど私の部屋よりももっと広い……のを覚えてる。

「ひろいにゃ……」

「たいへんにゃ……」

ユキを始めタマ達もエントランスホールに入る瞬間にクリーンでキレイにしました！　タマもトラジもチュウタローもヒナに乗りっ放しなのに何言ってるのか……

クゥゥ～～ン（小さいと大変かぁ）

「ニャッ！　だっ……だいじょうぶにゃっ！」

「そうにゃ！　だいじょうぶにゃっ！」

ユキの呟きにタマとトラジが即座に反応しました。笑ったらマズいと思い我慢します。

「着いたわよ」

ユキにはこの部屋のお留守番を頼んでいたから、慣れたものでスルリと入って行く……けど、寝室に繋がる扉が開いてる。思わず立ち止まり、凝視してしまう。

「なんで寝室の……」

クゥゥ～ンクゥゥ～～ン（ごめんなさい。私、あの部屋で寝てるの）

「そう、良いのよ。今日は皆で一緒に寝ましょうね」

キュウウウウン！　（嬉しい嬉しいよぉぉ！）

ユキの頭をグリグリと撫で回すとバッサバッサとフッサフッサの尻尾が揺れる。ヒナが居間のソファの脇に蹲《うずくま》ると、タマとトラジはスチャッ！　とヒナから下りた。チュウタローはなんと、頭の天辺《てっぺん》からヒナの背中目掛けて転がった！　首から背中へ転がりお尻でポンッと跳ねてスチャッ！と着地しました。なんでそんなに曲芸チックにおりるのか……

芸達者だな……なんというか、ヒナとチュウタローのコンビは安定してるな。ユキも皆と仲良く出来そうだし、一安心かな。

「いっしょにゃ！」

「みんな、いっしょにゃ！」

「いいチュウ……？」

「籠《かご》の中から出たら、うっかりどうにかしちゃうかも知れないから気を付けてね」

チュウタローを凝視して口元だけ笑って言ってみた！　チュウタローはブルブルしながらコクコクと頷いて「おそろしいチュウ……」と呟いたけど、それは自業自得という物よ！

晩ご飯をっ！　私はっ！　作るっ！　ズギュュュュュウウウウウウンンン！

とりあえず武装を脱ごう。お家なら武装なんて必要ないしね！　躊躇《ためら》いもせず、じゃんじゃん脱ぐ。脱ぐと言っても腕カバーと足カバーと袖無しコートなので簡単なもんですよ！

アニスに片付けて貰うので、ソファにポンポン置いて行きます。って……チュウタローがやって来てソファに凄い勢いでよじ登ったと思ったら武装にくっついてスンスン匂いを嗅いでます。変態エロネズミめ……と思ったらタマとトラジも脱ぎたてホカホカの武装に擦り寄って匂いを嗅ぎ始めました。そしてユキまで鼻面を突っ込んで匂いを嗅いでます。分かった……何も言うまい。ヒナもチラチラと私を見てたけど、やっぱり武装に嘴《くちばし》を突っ込んで匂いを嗅いでます。

うん……止めないよ。君ら野性の本能に逆らえないんだね……

すっかり身軽になったけど、厨房にこの子達を連れて行く訳には行かないから私の部屋でお留守番して貰って一仕事終わったら呼びに来よう。

「皆、私は今から一仕事あるからお留守番しててね」

全員私を見て固まりました。うん、固まる理由あったかな？

「後でアニスと一緒にいらっしゃい。今から、料理人達と忙しくなるから……今までと違ってちょっと危なくなるから待っててね」

「おてつだいしたいけど、しかたないにゃ！　まってるにゃ！」

「わかったにゃ！　まってるにゃ！」

「……まってるチュウ……」

ピュッピュイ！（ちゃんと待ってる！）

キューン！（私、良い子！　待ってる！）

「うん。待っててね！　じゃあ、今夜はご馳走だから！」

宣言して颯爽と部屋を出る。どんなに広くてもここが生まれ育ったお家です！　今日は大勢の料理を作るので厨房というか調理室というか、とにかく広い場所でわんさか料理を作るのです。記憶の中では王都の邸の厨房と変わらない広さだった気がする。

中央の大階段は面倒なので、お父様のお部屋の近くの階段を下ります！

到着！　ヒョコッと大厨房を覗いたら、料理人達がわんさか居ます！

「お帰りなさいませ！　エリーゼ様！　お待ちしておりました！」

声が揃ってる！　懐かしい顔と初めて見る顔！　大勢の男女が揃いの白い制服とエプロンで立っていた。

一人だけ立派な制服の初老の男性は我が家の料理長です！　私が何かやらかしてもビクともしない泰然《たいぜん》とした人です！

「奥様の侍女達が何かと自慢してきましてな。我等もお帰りを心待ちにしておりました。王都にやった彼奴だけを可愛がられては我等は悔しいばかりです。ささ、食材も我等が使わずにいたショウの実もソウの実もガラの実ももいでおきましたぞ！」

サァ……と人垣が割れて、盛り付け台が丸見えになりました。肉に魚に野菜に果物……これでもか！　という程に用意され山盛りになった食材と調味料。でも、砂糖と油は無いので出します！

今日は揚げ物をわんさか作って酒を浴びるほど飲ませるのです！

大量に作って貰っていた菜種油を鍋に入れ、説明をします。全員静聴してます。火災には気を付けないと行けません！　火事怖い！

まずは前菜よろしく簡単な物、手早く出来る物から出します。枝豆とフライドポテトです！　勿論、ジャガイモの説明をしましたよ！　初めて食べる訳ですからね！　これも無限収納に沢山あるので、山盛り出しました！

何か聞いていたんでしょうか？　躊躇《ためら》いも無くガンガン下拵えを始めました。枝豆も塩茹でにして貰ってます！　おっと！　ビールの支度をしておかないと！　隅に置いてある台の上にタライをドン！　と出し、クラッシュアイスをタライの中に山盛り出します！　え？　私も氷魔法使えるようにしました！　便利！　そこにザックザクにビール瓶を刺していきます！

「料理長、ビールという新しいお酒です。冷やして飲む物なので、出始めた後新しい物が分かるように目印をつけて順次冷やして！」

「了解です」

オークの肉の塊《かたまり》を厚めに切る物と一口大に切る物を指定し、切って貰う。トンカツと串カツにします。

「お嬢！　お待たせしやしたっ！」

「お疲れ！　今、トンカツの説明をしてたの。トンカツの応用の串カツも作って貰うから！」

「おうよっ！」

王都にいた料理人達もドヤドヤと入って来ました！　串カツの説明をして串をどっちゃり出します。

「こっちにある、エビ・アジ・タラ・ホタテ・カキもフライにして頂戴。殻や骨が無いように下拵えし順次揚げて頂戴！　油は継ぎ足し用にこっちの大鍋に入れて置くから、必ず油の入った鍋をこっちに持って来て継ぎ足すように！」

「「「「はいっ！」」」」

フライドポテトを作ってる料理人達が額に汗を光らせながら返事をする。

「揚がった物を味見しても構わないわよ！　特に今揚げてる人達と料理長は！　っと、ジムの事じゃないわよ！」

「分かっとりやす！　お嬢！」

王都の邸の料理長だったジムはここでは料理長じゃない。ジムは手早く揚げたてのフライドポテトを少量ボウルに受け取ると、手早く塩をパッパッと振りかけ器用にボウルを振る。

料理長にボウルを差し出し味を見て貰う。料理長はアッツアツのフライドポテトをシャクッと噛み、そのまま咀嚼《そしゃく》する。

「どうっすか？」

ニヤリと笑う料理長は何か……何かカッコイイです！

「美味《うま》いな。簡単なのに美味《うま》い。しかも酒が欲しくなる。こりゃあ、大発見だな侍女殿が自慢してくる訳だ。主と同じ物を食し、死ぬ時まで共にあろうとする側近や専属侍女の特権だな」

え？　今サラッと凄い事聞いた……側近と侍女達が私達と同じ物を食べるのって、そんな意味もあったの……コワっ！　どんだけよ！

ジャガイモをガンガン揚げてる人達にボウルが差し出され、パクパクと食べる料理人達は口々に「美味《うま》っ！」とか「こいつは！」とか言ってます。分かります！　ジムが一番最初に食べた時はもっと凄かったですからね！

さてフライとトンカツの次はから揚げだ！　基本は味付け肉のから揚げだけど、塩味も良いと思う。味付けから揚げはジムが作れるので、ジムを呼んで鳥肉（鶏じゃない鳥が混じってるので）をから揚げにするように言っとく。ショウガとニンニクの要求があったので、ドサッと出して置く。王都チームが数人やって来てショウガとニンニクを持って行き、手早く下拵えを始める。素晴らしい！　ナイスなチームプレイです！

ジムには塩味も頼んでおく。簡単な説明で良いので楽だ。ジッとジムを見詰める料理長の目が怖いけど、気にしたら負けな気がするのでスルー！

「そっちの手の空いてる人達、こっちに来て！」

野菜を刻んで貰う。いわゆる箸休めです。ザク切りのキャベツにキュウリのスティック。トマトのくし切りに手で千切ったレタス。味噌なり塩なり付けて食べて貰う。

都合バケツ三杯位。生野菜はこれ位で良いでしょ。野菜のフライも美味《おい》しいよね！

「ちょっと、ジム！　フライに野菜を加えて欲しいの」

そう言って台の上のタマネギをグイとジムの方に寄せた。後は私の収納から出します！　アスパラにオクラ、シイタケにナスを出す。

「了解です！　お嬢！」

王都チームと領都チームが良い感じに混ざって教え合いながらフライとから揚げをジャンジャン作っていきます。

「ご飯を炊いて！」

「おい！　いつもの奴！　やってくれ！」

私の声にジムが即座に返事をして、王都チームから数人がやって来る。米を出すと、手慣れた様子で持っていった。後でお握りにします。今日の宴会には子供だっていますから！　後は豚汁を作って貰おうかな。アサリ汁も作らせるけど。明日の朝ご飯はしじみ汁にしよう！　きっと二日酔いがワンサカ出ると思うからね！

「右翼にテーブルのセッティング終了しました！　今夜は無礼講という事で旅路に同道した方達のみならず、なぜか裏庭からも続々と来てます！」

「なんだと！　クソッ！　ドワーフ共め！　今夜は無礼講と知って飲み明かす気だな！」

ハインツがセッティング終了を告げに来たら、あの料理長が叫びました！　そんなタイプじゃないと思ったのに！

「料理長！　ドワーフだけじゃありません！　エルフもです！」

「なんだとぉっ！」

なんかドエライ事になってるようです。それにしてもドワーフがタダ酒飲むつもりなのは理解できるけど、エルフって……

「良い匂いがする！　と言って集まって来たようです」

「良い匂いだと……肉はあんまり食べないのに……」

ん？　あんまりなんだ。じゃあ……

「枝豆かなぁ？」

ポロリと出た私の言葉に料理長とハインツが、ホクホクに茹で上がった塩茹で枝豆をバッ！　と見ました。追加分の材料を出しておこう。絶対足りなくなると思うから。

ヨイショッと枝豆を出す。チビナビちゃん達がもいでくれるので、ザッと洗って茹でるだけなんだよね。本当、うちの子達優秀！

「お嬢！　その倍は要りやすぜ！」

「リョーカイ！」

ドサササッ！　と枝豆を追加して出して置く。これでも足りないかな？　でもなぁ……他にも作るつもりだし……いや、作るのは料理人達だけど。

「お嬢！　こないだのピリ辛も作りましょう！」

「え？　ええ。じゃあ、魚介を出すわね」

ピリ辛蒸しは大量に作れるから、早くて楽ちんなのよね……多分。皆、思いの外気に入ってるなぁ……大量の魚介を出しても、王都チームが一斉に取り掛かって作り上げていきます。勿論トウガラシとかも出します。焼き野菜も食べて欲しい！　焼きなすとか！　カボチャとか！　あ〜でも、カボチャは甘いからどうだろう？　でもサツマイモは出しておく。お母様が食べるだろうし、小さい子供にも人気あったしね！

「空いてる焼き台で野菜を焼いて！　あと、この黄色いのも焼いて頂戴！」

ナスにパプリカにポロネギ、カボチャにトウモロコシにサツマイモ。一通り説明して焼き野菜を作って貰う。特にトウモロコシ！　焼けたら醤油塗って貰うんだぁ！

余った肉を鍋の中で魔法を使ってミンチにする。別の大鍋に水を入れて加熱して貰う。大鍋の中にニンジンにセロリにタマネギにトマトを入れて煮まくり魔法で撹拌《かくはん》しまくりです！　ガラの固形を足したり、スパイスを足したりウスターソースを入れてみたりして味を整える。近くにいた料理人にミンチを匙《さじ》で掬《すく》って、大鍋に入れて貰います。ミートボールの煮込みです。

「料理長！　肉をいつも通りに焼いて！　肉に付けるソースをジム！　貴方が作って頂戴！」

「おう！」

私が必要そうだと判断した調味料をジャンジャン出していく。ジムはそれを見てパッパッと料理人に割り振って作らせる。もはや、何も言うまい。

「酒蔵番！　ワインの樽《たる》を表に運べ！　大量にあるやつからだ！」

ハインツの怒号が通路から聞こえます。「そぉーれ！」とか野太いオッサンの掛け声が聞こえます。酒蔵、地下なんで樽《たる》を転がして運ぶんだろうなぁ……

「枝豆、終了ですっ！」

「チッ！　思ったより早い！」

駆け込んで来た若い使用人の叫びにジムが舌打ちしました。即座に枝豆の塩茹でに取り掛からせる。すでに、宴会は始まってるようです。

「お嬢！　エルフの連中が食いまくってる！」

「予備含めてこっちに出しておく！」

厨房の脇にある貯蔵庫に行き、空いてる大きな袋を鑑定してからその袋の中に枝豆を出す。麦用の袋なので幾つもある……もぅ一袋枝豆をパンパンに詰めておく。

厨房に戻り、スクランブルエッグを作らせる。鳥の照り焼きも作らせます。更に肉そぼろを作らせる。

「エリーゼ様！」

アニスが走り込んで来ました。もはや、この戦場から抜け出すには一苦労な気がします！

「アニス！　どうしたの！」

「いい加減、あちらにおいで下さい！　タマちゃん達が待ってます！　ご飯を食べずに！」

なぬ！　いかん！　お預け状態とか、ダメだ！

「お嬢！　行って下さい！」

「ジャガイモも向こうの袋に出しとく！　間はフライドポテトと枝豆で繋いで！　材料で足りない物は教えて頂戴！」

走って枝豆の袋の横に袋を置いてジャガイモをドサドサ入れて行く。二袋程。厨房に戻ると肉に魚に油に小豆に砂糖、各種調味料の素に麺類。野菜も随分と出した。

「お嬢！　あっちにコンロ作っておいて下さい！」

「了解！　あ！　ご飯炊けるでしょ！　前におにぎり教えたよね！　あれ、作って！」

「了解です！」

「行ってきます！　何かあったら連絡して！」

「はい！　行ってらっしゃいませ！」

バタバタしながら、お互い手は動きっぱなしで会話です。

「アニス、お待たせ！　行こう」

「はいっ！」

ザカザカと早足で目的地へ向かいます。格好はこのままです。共に旅をしてきた面々は旅装や武装のままだからです。

クギュゥルルル！

あ、お腹鳴った。私のお腹が限界を迎えました！

マップを頼りにうちの子達を目指して歩き、前庭に出て更に歩く。

「主！　まってたにゃ！」

「まってたにゃ！　さみしかったたにゃ！」

クゥウゥ〜ン（側にいて！）

ピュ〜イ！（待ってた！）

「まってたチュッ！」

私の姿を感じて駆け寄って来たうちの子達、めっちゃ可愛い！　うちの子達の向こうでルークが立ったまま私を見つめてる。ノエルもルチルも待ってる。

「アニス、皆待っててくれたのね！　行こう！　今日はお疲れ様会よ！　沢山飲んで食べよう！」

「はいっ！　今日は飲んで食べて！　ですね！」

うん。忘れてないよ。でも、今日は皆で楽しく過ごせる最後の日だからね！

「さ、行こう！」

ルーク達のところへ皆で行く……って、ルークの向こうに家族全員居ました！　気付くの遅かった！　でも、大丈夫！　皆飲んでる！　……いや、キャスバルお兄様と目が合いました！

ん？　あれ？　お皿……あんなお皿あったんだ……一見すると平皿だが、大小の穴が空いていて大きい穴はカップを小さい穴は指を入れて持ちやすくなっているっ！　材質は木製っ！　って、便利〜！　ってお皿です。

「エリーゼ、あの皿はひょっとして……」

「分からないわ」

ん？　キャスバルお兄様が近寄って来たわ。

「エリーゼ、このフライ美味《おい》しいよ。エリーゼも早く取っておいで」

あ、褒めて貰っちゃった！　うふふ、嬉しいな！

「はーい！　あ、キャスバルお兄様。そのお皿ってどういう経緯で作ったのですか？」

やん！　キャスバルお兄様が甘～い笑顔になりました！

「ハハハ……エリーゼがお外のパーティーでは此れ此れ云々のお皿が欲しいというから作ったんだよ。おかげで便利になって、寄子《よりこ》貴族も同じようなお皿を作ってるな。このお皿のおかげで、服が汚れなくなったと喜んでるよ」

「汚れなくなった？」

「ああ、ワインや料理を溢さなくなったからな」

なる程。飲食するときにバランス崩して溢しちゃってって……やらかしてた！

「エリーゼ、先に取っておいで。ああ、ヒナには先に出しておいた方が良いかな？」

ルークの言葉にコクコクと頷く。

「そうね。ヒナは何を食べたい？　好きなの出してあげる」

ピュッ？　ピューイピュピュイ！　（ホント？　桃と柿とリンゴとカボチャ！）

「はい。たんとお食べ」

そう言ってヒナ用のボウルを取り出して桃と柿とリンゴとカボチャをゴロゴロと山盛りにする。

ヒナがカボチャをグシャッ！　と豪快に割って種ごとシャリシャリと齧る。

「じゃあ、皆行こっか」

「「うにゃっ！」」

「チューッー！」

……チュウタロー、なぜかユキの背中に乗ってます。きっと歩幅のせいだと思います。歩行速度の事は聞いてはいけない事です。


……圧巻です。

フライドポテト。から揚げ。アジフライ。ホタテフライ。エビフライ。カキフライ。トンカツ。ビーフカツ（いつの間に！）。チキンカツ（いつの間に！）各種野菜のフライに焼き野菜、アラカルトよろしくミートボール煮にスクランブルエッグ……もはや食べ放題的な感じになってる。

おっと、コンロを作って欲しいと言われてた！　こっちの空いてる場所に作るか！

食べ物が置いてある巨大なテーブルの横の空いてる場所にコンロを作る。今まで何等問題なく何度も作ってきた。一緒に旅をしてきた人々は見慣れた光景だが、こちらに暮らしていた人達は初めて見る光景だった。あちらこちらから「おお……」とか「なんと……」とか聞こえたけど、キニシナイ！

コンロの焚き口に薪《まき》をボンボン突っ込み火魔法で引火、パチパチと薪《まき》に火が入って音を立てる。

「ごめん！　待たせたわ！　さぁ、何を食べたい？」

「おさかなにゃ！」

「カライおさかなたべたいにゃ！」

タマにはアジフライやピリ辛のトゥナやエビをお皿に盛って手渡す。トラジにはピリ辛の魚介を適当に盛って手渡す。

「チュウタローは？」

「おにくがいいチュウ！」

トンカツにビーフカツにチキンカツを乗せ、更に照り焼きチキンを乗せて手渡す。

「「ありがとにゃ！」」

「ありがとうチュッ！　おいしそうチュウ！」

クゥウゥ～ン（お肉食べたい）

新しく木製のお皿を作ってユキ用肉盛りプレートを作る。私は揚げたてのアジフライとエビフライにスティックのキュウリとセロリに味噌を少しだけ乗っける。

アフッ！　（美味《おい》しそう！）

「じゃあ、飲み物の所に行こうか」

飲み物の置いてある台に行く。飲み物の台の向こうにはエルフが集まってる……耳をすますと

「枝豆……美味《おい》しい……」「この豆……尊い……」そんな声が聞こえます。

さらに先には大きなワイン樽《たる》が置いてあり、ドワーフ達が柄杓《ひしゃく》で大きなジョッキにザバザバ注いでは飲んでいた。樽《たる》酒と同じ扱いか……柄杓《ひしゃく》もきっと私だな……あとビール派はラッパ飲みだわ。

そして手掴みでフライドポテトを頬張ってるな……ワイルド。

ここで説明しておこう！（誰にですって？　それは誰かによ！）

我がシュバルツバルト侯爵家はその昔、シュバルツバルト公国という国でした。が、まぁ色々あって国の一領地になったのですが、エルフとドワーフは公国時代に住みやすい地を求めて来ていたらしい。

その時の公主が種族対立が面倒で、我が家の裏庭に集落を作る事を提案。両種族共、少ない人数であった事もあり、その提案を受け邸の裏庭に小さな集落を作った……という歴史があるのよね。

その元々の集落は今よりも小さかったらしい。けど徐々に人が増えエルフは主に服飾関係、ドワーフは物造りで我が家に貢献することになったんですって。ありがたいですね！

「リンゴジュースのみたいにゃ……」

「ボクもリンゴジュースのみたいにゃ……」

「リンゴジュースのみたいチュウ……」

なぬ？　……無かった！　水しか置いてない！

「ちょっと待っててね！」

鍋を幾つも出して、木綿の袋（大）にリンゴをゴロゴロと入れて袋に魔法で圧をかけて搾ります。
するとリンゴジュースが溜まっていく。後ろでチビッコ達が「リンゴジュースだ！」と嬉しそうに大はしゃぎしてますが、まずはうちの子達からです。ゴメンね！

鍋に搾ったリンゴジュース。ストレートでも良いが、ちょっと薄めの方が良かろう！

「かち割り氷をドサッとね！」

鍋にかち割り氷がドサササッと入る。お玉をポンッと出して、クルクルとかき回して冷えたリンゴジュースを少しの氷と一緒に木のカップに注いでうちの子達に順番に渡す。全てのリンゴジュースの鍋に同じように氷とお玉を突っ込む。

「お皿の大きな穴に入るから便利よ」

そう言うと、おそるおそる大きな穴にカップを刺す。

「ほんとにゃ！」

「はいったにゃ！」

「べんりっチュ！」

ユキはお水です。後でちっさめのボウルに入れてあげよう。

「じゃあ、向こうに戻ろっか。ノエルとルチルもお腹空いてるもの」

ルークが場所取りしてくれてるものね、あの子達だって好きな物食べたいだろうしね。

「そうにゃ！」

「じゅんばんにゃ！」

「ルチルにおなかいっぱいたべてもらいたいチュウ！」

ルチルに対してはマトモだな。セクハラのイメージでちょっと失礼な事思ってたわ。ゴメンね チュウタロー。私もリンゴジュースをゲットして両手にお皿を持ってルーク達のところへ戻った。

「お待たせ。枝豆は諦めたけど、他は大丈夫そうよ」

「そうか、分かった。ノエル、ルチル行こう」

小さなテーブルがあるので安心してお皿が置ける。小さなボウルに魔法で水を半分ほど満たして地面に置く。

あら？ なんで、ユキは食べないのかしら？ 見つめ合う私とユキ。

……ハッ！ 主の私が食べてないから？ まさかの縦社会ルール！ やだっ！ もーぅ！ 慌てて、エビフライをパクリと齧る。チラッと見ると、ユキが食べ始めてからタマやトラジ達も食べ始めた。ヒナはキョトンでしたが、ヒナは鳥なのでルール無用です。

「おいしいにゃ！ 主！ おいしいにゃ！」

「すごいにゃ！ おいしいにゃ！ ごちそうにゃ！」

タマもトラジもアグアグ食べながらの発言ですが、お耳もおひげもビンビンです。尻尾もまっすぐに立っちゃってます。カーワイー！ チュウタローも肉をガジガジしてます。立派な肉食ですね。ユキもチュウタローも幸せそうに頬張ってます。見てるだけで幸せです！

そして始まる大宴会！　……いや、すでに始まってるけどね。

どこからか一際大きな歓声が聞こえて来ました。声の方角とマップで確認すると、そこは領主隊隊員が集まってる場所でした。うん、とうとう隊員達に酒が入ったようです。

「エリーゼ！　待たせた！」

ルークがワタワタとノエルとルチルを連れて戻って来ました。うん、ルチルのお皿は肉ばかりですね！　可愛いのに肉食か……ノエルは魚介と野菜が半々に乗ってます。ルーク？　ルークのお皿はエビフライがモリモリです。私も同じなので、責める事は出来ません。

「さ、食べようか」

「おいしそうにゃ！　はじめてみるにゃっ！　ワクワクするにゃぁ〜！」

「イイにおいっチュ！　おにくダイスキっチュ！」

……サラッと肉食アピールしたよ。ルークがパクリとエビフライを食べる。どうかな？　美味《おい》しいかな？　私的には上手く出来たんだけどな。

「美味《うま》いな。懐かしいよ……」

小さなルークの呟き。エビはあっても、調理法として揚げ物が無かったからエビフライは無かったのよね。

「おいしいにゃっ！　すごくおいしいにゃっ！　シャクシャクのホカホカにゃ！」

「すごいチュッ！　ボク、こんなおいしいおにくはじめてッチュー！！」

小さい子供と同じように大はしゃぎです。可愛いなぁ！　テイムされた子達が一塊《かたまり》になってキャイキャイと楽しそうに食べ始めました。

「エリーゼ、美味《おい》しいよ。やっぱエビフライサイコーだな！」

「そうね、どぇりゃあ美味《うま》いだがね！」

と返しておく。ルークが大きく目を見開いてから、「どぇりゃあって……」とか呟いてたけどキニシマセン！　それよりも気になるのは向こうで度々上がる歓声です。歓声が湧き起こる前に必ずお父様の声が聞こえるんです。途切れ途切れに……でも、チョイチョイお兄様達の声も聞こえるんです。何かやってる。でも何をやってるのか見たら絶対ダメな気がします。

「あら、こんな所に居たのね」

お母様が侍女トリオを従えて来ました。あえて言います。お母様の笑顔がメッチャ怖い！　絶対零度の上、黒い！　哀れお父様、お母様から愛の鞭《むち》を貰って下さい！

「えっ、ええ……お母様は……既に頂いてますね。どうですか、お味は？」

お母様の笑顔の温度が上がり、白くなりました。ホッとします。

「とっても美味《おい》しいわ。肉もお魚もお野菜も……ワインも合うのだけど、ビールが進んじゃって。でも、明日の朝を思うと憂鬱だわ」

うん、二日酔いですよね。

「途中途中でお水を飲むと少し楽になりますわ」

「あら、そうなのね。では、間にお水を飲むようにするわ」

お母様は少しだけ、ホッとしたような笑顔になりました。私も少しホッとしました。

お母様はうちの子達を見ながら楽しんでます。主にビールと揚げ物です。

「あ！　エリーゼ様！　母さまもこちらに居たんですね！」

いつの間にやら気配が消えてたアニスがお皿にから揚げとホタテフライを乗っけてやって来ました。お皿に刺さってるカップの中身はリンゴジュース。

安心安全ノンアルコールで楽しみますよ！　こっそり麦茶も用意してます！

「ええ、アニスは今までどこに？」

「父さまの近くに居たのですが、旦那様と次期様達がドワーフ達と飲み比べだ！　とかおっしゃって。なので、逃げて来ました」

飲み比べ……アホだ……潰れる気満々じゃないの。おっと！　アニスの言葉を聞いたお母様が黒くなりました！　危険です。なので小っさいテーブルの上でコソッと出しても大丈夫だと思うんだよね。お母様用の甘い系アルコール。

「ルークは前世で好きだったアルコールってなんだったの？」

「ん？」

ノエル達を見てて話を聞いてなかったな！

「好きなアルコール」

「ウイスキー」

「ハイボール？」

「いや、ロック」

意外！　思いの外ハードル高い！　いや、実は無限収納にあるけど！　いまいちな気がするのよね。私は日本酒が好きでしたけど！　ちゃんと見てないから明日はちゃんと見ないとな……

「なぁ……まさかと思うけどウイスキーも無限収納に……」

「あら、鋭いわね。あるわよ」

「じゃあっ」

「出しません」

「……え？」

「前にも言ったでしょう。成人してからです。ただ味はほぼ再現できてるって」

「エリーゼは前世ではどれ位飲んでた？」

「色んな良いお酒を少しずつよ。だから成人したら色々出すから、楽しみにしてて」

思わず被って言っちゃいました。

「当たり前でしょう。私達で同じ年なんだから成人するまで飲まない！　ハイ！　おねだりしてもムダですからね。アルコール類は前世で飲んでた物をそこそこ再現できてるっぽいから魅力的なラインナップになってると思うけど、ちゃんと確認してないからなんとも言えないわ。でも私、かなり色んなお酒を飲んでたし、大人になった頃にはもっと良くなるだろうから楽しみにしてて欲しいのだけど」

「クッ……分かった……楽しみに待ってる」

よし！　ルークの説得は終わった！

「エリーゼ？」

いかーーん！　お母様を放ったらかしてた！

「今ちょっとだけ聞こえたけど、そんなに色んなお酒があるの？　お母様、ビールも良いけど口当たりの良いお酒も飲みたいわ」

口当たり……甘いお酒を飲みたいんですね。甘味の女王様ですからね。

確か梅酒があったからあれを出そう。

ストレートよりロックの方が良いのでサッとお母様のカップにコロコロンとかち割氷を魔法で出して！

からの無限収納にあった無印（何種類もあったので！）のを出してカップに注ぐ。

コテンと首を傾げたお母様が可愛いです！

「これ……お酒？」

「そうです、強いお酒なのでゆっくり飲んで下さい」

「分かったわ」

って言ったのにコッコッコッて……お母様のゆっくりってそのペースなんですか？

飲みきったお母様は笑顔でしたが、目だけカッ！　て開いてて怖いです！

「本当に素晴らしいわ……ビールと違ってたしかに感じる甘味、喉越しの良さと鼻に抜ける香り。上等なワインとは違う味。エリーゼ……この素晴らしいお酒を毎晩出すようになさい」

ちょっと！　それは横暴というものです！　お母様！

「なんぞい？　酒の匂いがするぞい！」

え？　声のする方を見ると、そこには小っさいオッサン……ドワーフってヤツかな？　が数人立ってました。キョロキョロとしてます……

「ぬ！　姫様か！　酒の匂いがする！　酒をくれ！」

どストレートに来ました。大分離れてたのに凄いなー。どんな嗅覚してるんだろう。まぁ、ちょっと位なら良いかな？　ドワーフのカップにトクトクと梅酒を注ぐ。クンクンと匂いを嗅ぎ、カパッとカップを呷《あお》る。

「む！　姫様よ！　これは酒だな！　しかも美味《うま》い酒だぞい！」

「わしにも、欲しいぞい！」

「わしにもだ！」

「いやいや、わしの方が先だぞい！」

「まてまて！　わしが！」

「いや、わしが！」

ヒゲボーボーの小っさいオッサンが我も我もとカップを掲げて詰め寄って来た！　ヤバい！

どっ……どうしよう！

「エリーゼッ！　酒を渡すんだ！　早くっ！」

ルークが叫び、梅酒の瓶をサッと渡す。

「はい！　仲良く飲んでね！」

……既に飲みかけで少ないけど。いや、収納にダースであるけど。

「おぅ！　分かったぞい！」

「あっちで飲むぞい！」

「行くぞい！」

ふぅ……離れて行った。

「ルーク、ありがとう。助かったわ」

ルークのホッとした顔に、私もホッとした。それにしても、ドワーフはお酒好きって本当だったんだ。でも、まさか匂いがしたとか言って来るとは思わなかったな。

「さすがドワーフだな。酒のある所にドワーフ現る……ってか」

「ヒドいわ……」

しまった！　お母様を忘れてた！

「お母様、まだ飲みたかったのに」

オーウ！　お母様が悲しげなお顔デース！

「お母様、安心なさって。さ、継ぎ足しますわ」

サッと無限収納から瓶を出して、お母様のカップに継ぎ足し即座に収納する。これなら、見られない限りヤイヤイ言われ無いと思う。私とルークはちょっぴり気分を変えるためにハチミツレモンにしました！　炭酸があったらレモンスカッシュを作るのに。

「ま！　さすがエリーゼね。お母様、嬉しいわ」

お母様の笑顔頂きました！　ゴチでーす！

「エリーゼ様、何か頂いて参りますね」

アニスがニコニコしながら、お摘まみを取りに行きました。

「フェリシア様、私も何か頂いて参ります」

アニスとエミリの後ろ姿がなんだか楽しそうで、良いな！　と思う。

「なぁ、エリーゼ。酒類は何をどんだけ作った？」

ルークさん……マジな顔でこっそり聞きに来ないで下さい。お母様が何か察して私の隣に来たじゃないですか。

「お母様も気になるわ」

ほらぁ！　気になるとか言ってる～！　仕方ないなぁ……

「日本酒とビール以外に焼酎は麦に芋に米、それからワインに貴腐ワイン。あ、ワインは赤・白・ロゼ・スパークリング。ブランデーにコニャック、ウイスキーにラム。ウォッカにリキュール類も記憶の限りかな？　他にもあるけど、分からない位収納にある。そうそう梅酒はかなりの種類があるよ」

正直にゲロってみた。ルークの顔が大マジです。そんな真剣な目で見詰めないで、ドキドキしちゃう。罪悪感で！

「随分あるな……味や香りの違いは？」

来たよ！　絶対来ると思ってた！

「色々あるみたい。でも、私には良く分からないわ。ウイスキーとか樽《たる》がどうとか言ってたけど、本当に分からないの。日本酒もスッキリしたものから甘いもの、発泡するものもあるようだし……」

フーーーと静かに息を吐いたルークが真剣過ぎて、困っちゃう。

「そうか。記憶だけで酒類を作ったのか。すご過ぎて、何を言ったら良いのか分からない。これは褒め言葉だ。なので、お願いします！　ウイスキーを飲み比べさせて下さい！」

深々とお辞儀されました。そして……

「ハイボールがダメでも、焼酎のお茶割りとか飲ませて下さい！」

うん、お酒に弱いダメ人間がここにいました！　飲ませないわよゼッタイ！　私だって飲みたいの我慢してるんだから！　とか思ってたら。グイッ！　て……え？　腕が引っ張られ……お母様がニコニコして……ゾクッ！　と背筋が……

「ねぇ～え、お母様には良く分からないけど……エリーゼは沢山のお酒を作ったのね？」

「ヒッ！」

ヤバい……良く分からないけど、お母様がハンパ無くヤバい……

「お母様、もっと甘いお酒を飲んでみたいわ」

「あ……ええ……うっ梅酒でしたら、まだまだありますから……」

お母様の威圧に負けました。私の腕を掴んでいたお母様は手を離すと直ぐさまカップを空けました。コワー！　差し出されたカップにロックにうってつけな氷をコロンと魔法で追加する。もはや無詠唱だけど構うものか！　収納から違う梅酒をサッと出して注ぐ。注いだら収納にしまう！　あいつらが来る前に！　そして知らん振りだ！

「ありがとう、エリーゼ」

コクリと一口飲んだお母様のお顔は菩薩《ぼさつ》サマのようでした。コワー！

「酒か？　新しい甘い匂いだが酒か？」

くっ！　またか！　またドワーフなのかっ！　声のする方を見ると、先程の小っさいオッサンよりも少し若いオッチャン風味のドワーフが居ました。あえて言うなら、シワシワ感が少なくヒゲが短いというか……ちょっとしか生えてない……

「ドワーフ？」

「そうだけど、もう大人だから！」

あ、これは子供扱い長かったやつだ……

「可哀想なものを見る目で見るな！」

おっと中々のツッコミだね！　うーん。どうしようか？

「うーん。迷うな……大人とか言われてもなぁ。さっきのドワーフ達と別行動してるしねぇ」

「しょうがないだろ！　俺まだ、大人になったばっかりだから別行動なんだ！」

ハブられてる！　ボッチドワーフとか切ない！

「仲間外れ……なの？」

「違う！　見習いだから！」

「ふぅん……」

見習いだからハブられてるのか……？　うーん、分からんな。でも、一人なら話しやすい。

「悪いけど、お酒だとしてもあげられない。貴方が若いからとかじゃなくて、今日は基本的にワインを飲んで貰いたいの」

ガーン！　って顔されましたけど、譲りません。

「さっきのお酒は初めて造ったお酒で、試しに飲んでもらってるのよ」

飲める事は分かってるし、普通のお酒だけど大量生産できるまで世間に出すつもりは無いのよね。

「試し？　なんでだ？」

食いつくね。でも、私の夢は領地で生産なのだ！　皆にもお酒の新しい世界を知って貰いたいのよね。それには材料の生産からやらないとね！

「ん？　新しいお酒を造りたいと思わない？　私は新しいお酒を造って欲しい。沢山造って、皆で飲みたくない？」

ドワーフがキラキラした目で私を見上げます。

「俺……俺、造る！　新しい酒、造るよ！」

「そうか。なら、味見として飲むが良い」

収納からカップを取り出し、氷をコロンと入れさっきの梅酒を出して注いで直ぐに収納してしまう。ドワーフにカップを手渡し、飲むのを見守る。

コク……コク……コクコクコク。プハーッ！

「甘いけど、美味《うま》いな！　俺、頑張るよ！」

「うん、頑張って！」

顔を赤らめて私を見るドワーフ、ちょっと可愛い。

「良かったな、職人ゲット。でも、俺の事忘れてるでショ」

やーん！　ルークったら。忘れてなんか無いわよぅ！　チラッと見たカップは空っぽです。やはり氷を入れて……ハチミツレモンです！　ウッカリ梅酒とか注がないわよ。

「チッ……」

うん、ルークから舌打ちが聞こえましたがスルーです。悔しいの分かるけど、スネ顔可愛いけど舌打ちはダメ！　ゼッタイ！

「飲み終わった！　おかわりくれ！」

「うん、ダメ」

若いドワーフの要求を即座に笑顔で断る。ドワーフはガッカリした顔になったけど「造れば飲めるんだ！　頑張ろう！」と気合いを入れながら呟いた。うん、頑張れ！

「じゃあ、ワインを飲んでくる！　姫様ありがとう！」

「良いのよ。一から造るんだから大変よ。でも私は信じてる。好きと言う情熱が形になるんだと」

そんな言葉を聞いたことがあるような無いような……まぁ、寿命が長くて技術があるお酒大好きドワーフさんなら造れると思うのよ。てか、キラキラした目で私を見るんじゃありません。照れるじゃない。

「俺、頑張る！　美味《うま》い酒造るよ！　じゃあ！」

走ってワイン樽《たる》が山積みになってる方へ行きました。……ん？　ワイン樽《たる》、山積みだったかしら？　って次から次へと使用人が積んでるじゃん！　もうワイン樽《たる》の近くはドワーフ達だけじゃなくて、エルフも人間もごちゃ混ぜに居る。酔っぱらいが順調に増えてます。

「やっと行きましたね！　はい、エリーゼ様。色々持って来ました！」

アニスが帰って来ました！　しかもお皿に色々乗っけてます！　……二皿持ってる内の一皿に。

「エルフの方々が大分満足したのか枝豆が取れるようになったので、貰って来ましたよ」

そうです！　二皿の内の一皿は枝豆がてんこ盛りです！

「えだまめにゃ！　ほしいにゃ！　たべたいにゃ！」

ノエルがお皿を持ってやって来ました。なんなの！　両前足でお皿を差し出すとか、滅茶苦茶可愛いんですけど！　アニスもデレデレしてます！　役得です！

「良いですよ～、ノエルちゃんはどれ位食べるかな～？」

そう言うと差し出されたお皿に枝豆を載せていきます。

「うれしいにゃ！　もうすこしほしいにゃ！」

「これ位かな～？」

「ありがとにゃ！」

可愛い～！　ノエル可愛い～！

「主、からあげたべたいにゃ！」

タマがおねだりです！　勿論あげますよ！　やっぱり両前足でお皿を差し出してます！　ヒョイヒョイとから揚げをお皿に載せます。

「ありがとにゃ！」

クルンとアニスを見上げて「ありがとうアニス」というと「もう少し貰って来ますか？」と聞かれフルフルと首を振って断る。そんな時でした。

「今からラーメンを作りまーす！　一杯の量は少ないですが、三種類全部食べられますよー！」

ジムの声が響きました。まさかのラーメンです。

「俺、ミソーーーー！」

「あいよーーー！」

トールお兄様のリクエストの大声と応えるジムの大声が聞こえ、俄《にわか》にあちこちからざわめきが聞こえて来ました。

「主、ラーメンってなんにゃ？　きになるにゃ！」

「ボクもきになるにゃ！」

うん？　タマもか。チラッと見たタマは両のホッペがパンパンです！　から揚げを二個頬張ったようですが、お口に物を入れてのお喋りは感心しません。

「ボクもにゃ！　ボクもたべてみたいにゃ！」

ノエルがクイクイとルークの武装を引いてアピールしてます。ノエルは枝豆を食べ終わったようです。……ルーク、ご機嫌だな。顔が……イケメンの甘々な笑顔大放出してる……

「よーし、じゃあラーメンを貰いに行くか。エリーゼ、タマとトラジも連れてくな。ノエル、ほらお皿」

ノエルとタマとトラジのお皿をヒョイヒョイとテーブルの上に置いて行く。ルークも自分のお皿を置くとヒョイとノエルを縦抱っこしてタマとトラジを連れてゆったりと歩いて行く。ご機嫌だ。

するとクルッと振り向いて、ニコッと笑った。

「ルチル、チュウタローと一緒にいろよ～」

「わかったチュ～」

ルチルはチュウタローの隣で肉を頬張りつつ元気なお返事だ。

「姫様よ、わし等も新しい酒が飲みたいぞい……」

小っさいオッサンドワーフ達が数人しょんぼり顔でヒョコヒョコとやってきました。

先程の若いドワーフが申し訳なさそうに後ろでペコペコしてます。バレちゃったか、いやバレるよね……嗅覚鋭いんだから。

「……若いのに聞いたら新しい酒を造ると聞いたぞい。わし等も造るぞい。じゃから、な！姫様」

手にカップを持って切望するドワーフ達。仕方ない。

「若いのに飲ませたのとは違うけど、貴方達には違うのを造って貰いたい」

そう言ってウイスキーを取り出し、カップにちょっとずつ注いでいく。

「姫様！　なんぞ少ないぞい！」

「文句は受け付けません。これは強いお酒なので、ちょっとだけです」

ドワーフ達がブツブツ言ってますが丸っと無視です。

「仕方ないぞい……」

ドワーフ達が舐めるようにウイスキーをチビリと飲もうとする。口に入れた瞬間に小っさいオッサンドワーフ達がカッ！　と目をかっ開いた。

無言でチビチビと、スンゴイ顔して飲んでます。それこそ一滴も残さない気迫です。

「姫様。これは凄い酒だぞい。わし等はこの酒を絶対造る。絶対だぞい」

「うむ！　絶対だぞい！　良い物をありがとうだぞい」

うんうんと頷きながら、ワイン樽《たる》へ行ってしまいました。これで梅酒とウイスキーを造る事も決定です。正しくは梅酒の材料ホワイトリカーも造るので、色んな果実酒ができますね！


ラーメン待ちの人が少なかったのか、向こうからノロノロと歩いてくるルークと可愛い仲間達が見えます！

ルークは小っさい木のどんぶりを持ってニャンコ達の後ろをのんびり歩いてます。ニャンコ達は両前足でどんぶりを大事そうに持って慎重に歩いてます！　可愛い！　周りに居るゴツイ隊員達が手を出したり引っこめたりしてオロオロ見守ってます。分かるけど、隊員達が道を開けて見守るって……時折「あっ！」とか「頑張れ！」とか言ってるのが聞こえるけど、なんなの？　貴方達（作者注・それは見守り隊だな！）。

「「せーの！　がんばれー！」」

ん？　なんと、一緒に旅をしていた子供達がニャンコ達を応援してます。

「「にゃーっ！」」

何故かニャンコ達が揃って返事をしました。そろりそろりと歩いてるのに「にゃーっ！」って……ニャンコ達の姿に皆、癒されてるのかホッコリ笑顔です。お母様も笑顔です。

「ノエルにぃに……がんばれっチュ……」

ルチルを見ると、頬袋パンッパンにして応援してます。ルチル……巨大ハムスター以外のナニモノでも無いよ……可愛おかしい。そしてチュウタロー、ソォ〜っとルチルのお皿に肉を載せてる。

「にぃに、ありがとっチュ！」

「ルチルはちいさいから、たくさんたべるチュウ！」

……小さいってどっちも同じサイズです。どこからどう見ても、同サイズです。あんまり食べさせると胴回りがっ！　でもチュウタローよ……ルチルに食べさせたくなる気持ちは分かる！　頬袋パンッパンにして嬉しそうに食べるルチルは可愛いものね！

「ありがとチュ！」

あっちも可愛くて、こっちも可愛い！

「ついたにゃ！」

「ドキドキしたにゃ！」

「こぼさなかったにゃ！　おいしそうにゃ！　はやくたべたいにゃ！」

うん、一番ノエルがお喋りだね。可愛いから、全然気にならないけど。

「お待たせ。ほーら、お箸を使って火傷しないようにふぅふぅしながら食べろよ」

ニコニコしながら見守るルークは完全にイクメンです。イケメンのイクメンです。やだ、子供欲しくなっちゃう！　ニャンコ達、ポテンと地べたに座って足の上にどんぶりを置いてふぅふぅしながら上手にお箸を使って食べ始めました。可愛いです！

「可愛いわねぇ、子供達の小さい頃を思い出すわぁ」

……お母様が隣にやって来て、カップを差し出しながら話し掛けてきました。カップには氷しか入ってませんでした、おかわりですね。手早く梅酒を出して注いで収納です！

「私もあんな風でしたか？」

聞きながらお母様のお顔を見る。

「フフッ……そうね、エリーゼは私の膝の上が大好きな子供だったわ。キャスバルとトールがあんな風にしてたのよ」

なんと、お兄様達はあんな風だったのか。お兄様達のお小さい頃はさぞかし可愛かったんだろうなぁ！

ニャンコ達が美味《おい》しそうに食べる姿に触発されたのか、コンロの前に人集《ひとだか》りができ始めました。マップを見るとコンロの前に子供達が集まってるのが分かる。

ジム、頑張れ！　……ラーメン屋が出来るのも早いかしら？　材料的には割と入手しやすいのよね。

お料理教室とか開いたら食文化が花開くかしら！　新しい商売になるね！　……仕事増えちゃうな……お父様とお兄様達が大変になっちゃう！　でも、いっか！　領が栄えると思うの！　まずは領都からね！　明日は大忙しだわ〜。チョロギーをテイムして、お父様に相談して……他にもあると思うけど考えるのは止めとこ。

「ご主人！　このラーメンおいしかったにゃ！」

タマが空になった器を持ってやって来ました。目を細めてウットリ言うタマの顔はなんとも幸せそうで私が癒されます！

「エリーゼ様！　私達もラーメンを貰いに行きましょう！　あの量なら、食べれます！」

食欲魔人がいた。私、結構食べててラーメンはちょっと厳しい。ルークって結構食べるけど、どうなのかしら？　……え？　ラーメン食べ終わった？　の？　……ん？　あれ？　どうしてカップと私を交互に見るのかな？　ニコニコしながら来たわよ。

「エリーゼ、お代わりちょーだい」

空……氷だけのカップを差し出して、ニコニコしてる。

「仕方ないなぁ……今度は違うのにする？」

「うん」

無限収納のリストを見て探す。ビールがあるんだからアレもある筈、飲んだ事あるしね。

〈勿論です、マスター。こちらです。どうぞ〉

ピンッ！　と半透明のウインドウの収納リストが上がってピコピコ光るのを押した。手に瓶が収まってます。ホップのエキスです。ルークのカップに氷水を注いでからエキスを注ぐ。

「はい、どうぞ」

注いだ瞬間フワリと香るホップの香りはなんとも言えなくて、思わずコクリと喉が鳴る。

「おっ！　良い香りだな」

ホップの香りだけでルークのスーパー甘々イケメン笑顔が放出されました。目がチカチカするほどの笑顔です。なんなのイケメン振りが凄すぎて、困っちゃう！

「っと。入れ過ぎちゃったかしら？」

「いや、大丈夫だと思うよ、エリーゼ」

ひゃあぁぁぁぁぁぁ！　ピンクオーラダダ漏れの笑顔は反則ですぅ！　ハッ！　笑顔に見とれちゃう。

「んもぅ！」

「エリーゼのそんなトコ、大好きだよ」

思わずプックリ膨らませた頬をツンッと突かれてソッポを向こうとしたら、チュッ！　って……

リア充め！　気軽にやったわね！

「若いって良いわねぇ」

お母様が居るのにぃ！　バカ！　バカ！　バカ！　ルークのバカァ！　でも大好き。

「ズルイです！」

え？　ムギュウ！　とアニスが抱き付いてきました。

「アニスったら、やきもちなの？　仕方ないわね」

アニスの顔を見ようとしたら、ムチュー！　と頬にキスされました。アニスに。

「私もします〜！」

やってから、しますって……ダメじゃん！

「ボクもにゃ！」

「ボクもやるにゃ！」

え？　タマとトラジが抱き付いて来ましたよ！　何よ、可愛いわねぇ！　トンットンッと器用に私の体に登って来ました！

ピトン！　ピトン！　とちょっと冷たくて湿った鼻が私の顔に順番に当たって、サリサリと舌の先で私の顔やら首やら舐めます。嬉しいし可愛いけど、でも……でもね……

「うん、一旦離れて貰えるかしら？　私、何も飲めないし食べられないから」

「にゃっ！」

「うにゃ！」

「エリーゼ様……ごめんなさい」

ヨジヨジと下りていくタマとトラジ、ションボリしながら離れるアニス。

「アニス。私、ラーメンは少し遠慮しておこうと思ってるの。まだ、おつまみが残ってるしね」

ションボリのまんま見てもダメです。ん？　私のパンツをクイクイしちゃう子は誰かな～？　ってタマでした！

「なぁに？　タマ。どうしたの？」

「あのにゃ、主。ボク、ラーメンオカワリしたいにゃ」

……タマったら！　可愛いんだから！　もぅ！

「アニス、タマと一緒にラーメンを貰いに行ってくれるかしら？」

ションボリしてたのに、笑顔になりました。

「タマちゃん、私と一緒にラーメンを貰いにいきましょうか」

「はいにゃ！」

タマはラーメンのおかわりが出来て嬉しい、アニスは一人で行かなくても良い。ｗｉｎ×ｗｉｎだと思うの！

「行ってらっしゃい」

手を振って送り出す。タマもアニスも私に手を振ってコンロへ行く（正しくはタマは手じゃなくて前足だけど）。

私はお皿に残ってる枝豆やから揚げを摘まみながら麦茶を飲む。

「あー美味《おい》しーい。麦茶も摘まみも美味《おい》しいなー」

ボソリと呟いてみる。グイーッと腰が引き寄せられて、チュッチュッと頬とか首とか、さっきタマとトラジに舐められた場所にキスし始めるルーク。なんだって言うのかしら？

「ルーク……ちょっと何してるのよ……」

耳たぶにチュッ！　とキスされて顔が真っ赤になる。

「消毒。エリーゼは俺のだから、俺以外がキスするとか許せない」

耳の中に甘く囁かれて、顔どころか体中が火照る。バカ！　……胸が……鼓動が煩い位響いてくる。ヘタに声が良いから、ドキドキが止まらない。勘弁して欲しい。

「はぁい、仲が良いのは良いのだけどお母様が困っちゃうからそこまでにしてね。ルーク殿下、それ以上なさるとエリーゼが困った事になりましてよ」

ヒャアッ！　お母様からストップ指示来ましたぁ！　最初は普通のお母様だったのに、今は冷気がっ！　パッと離れたルークの吐息と手がなんだか名残り惜しい……

「申し訳ありません！　ついっ！　エリーゼがあんまり可愛くてやり過ぎました！　でも後悔してません！　大好きなんで！」

バカがいる！　ここに、紛れもない！　恋愛バカを露呈してるバカがいる！　嬉しいけど堂々とし過ぎ！　あれ？　一瞬冷気が来ただけで、今は何も感じない。お母様は困ったように笑ってる。怒った訳じゃないのね、良かった。

「やり過ぎなければ良いのよ。さすがにあれ以上されると、婚姻式では妊娠してるなんて事になりうん、ヤバかった……ってか、今もう既にヤバいです。頭はフワフワするし……私、前世じゃ立派な処女だったのよ。彼氏いない歴は年齢です！　って女だったのよ！　今世は驚くぐらいのワガママボディでエロさ爆発で！　ボイーン！　キュッ！　プリリーン！　な体なのよ！　どうしよう……エロいって言われちゃう？

ズビシッ！

「ハ痛ぁ！」

脳天にチョップ喰らった……

「え……痛……なん？　……え？　……」

「正気に戻ったかしら？　もう一発入れなきゃダメなの？」

え？　お母様？　私、初めから正気ですよ？

「フェリシア様、大丈夫のようですよ」

ん？　エミリ？

「エリーゼ、シャンとなさい」

「はい、お母様。……今、私の頭に……」

「お母様がしました」

「……ありがとうございます」

なんだかクランクランクランする頭をちゃんと真っ直ぐにしてお母様を見る。

「ルークもダメだからね。もう！」

ションボリルークです。ヘニョンとなった犬耳と垂れた尻尾の幻覚が見えます。

「ゴメン。これから気を付けます」

「良いのよ。くれぐれもやり過ぎないでね、お互い立場があるのだから。さ、楽しい話でも致しましょう」

いつものお母様になりました。一安心。

「ちょっと調子に乗りすぎた。でも、やっぱり我慢出来なくて……嫉妬深いって呆れた？」

え？　ルークったら。嫉妬深い……嫉妬深いのかな？　いや、でもニャンコ達に舐められただけで？　うーん……分からないなぁ。

「え……と、分からないわ。私、こんな風に好きになるのは初めてだもの。だから何が正解なのかも分からないし、どこまでが嫉妬深いのかも分からないの」

ゆっくりとルークの目が見開いて、嬉しそうな……そう、見た事の無い眼差しのルークがいた。

なんで凝視してるのかな？　やはり彼氏いない歴は年齢です！　の女は引かれるというイタイ事実！　自分で言ってて傷付くとかブーメラン！　ブーメラン！　きっと！　ととと……思考が明後日の方向に行くとこだった。気を付けよう。

「エリーゼ……恋愛自体が初めてだったたって事は？」

え？　恋愛って初恋位ありますよ！　失礼ね！　いや、一方的だったけど。

「その……昔、初恋を……その……私が好きだっただけで……」

なんの羞恥《しゅうち》プレイよ！　恥ずか死ねる！　恥ずかしすぎて、俯いちゃう！　上げられない！

「恋人はいなかった？」

「え……ええ」

ギュムゥ！

ひゃあ！　抱き締められました！　何？　なんで？　さっきお母様に注意されたばっかりなのにぃ！

「俺が初めての恋人？　マジで？」

ギュウギュウ抱き締められて、弾んだ声のルークにビックリです。

「ええ」

「マジか！　何もかも初めてなんだな」

「そうよ」

なんで、そんなに嬉しそうなのかな。抱き締める力が少し緩まった、ヤレヤレだよ。でも覆い被さるように抱き締め直されました。

「じゃあ、エリーゼの初めての何もかもを俺が貰うんだな……」

ひゃぁぁぁぁぁ！　みっ！　耳にとんでもなくエロい声でエロいセリフを流し込まれました！

お母様、助けて！　ブワッ！　と冷気が突き刺さります！　お母様よ、私巻き込まれてます！

「そこまでになさい。嬉しいのは分かるけど、我慢なさい」

オーゥ！　声まで冷たいデース！　ユルユルとルークの腕が離れて、そのまま後ずさりました。

うん？　後ずさって……そのままお母様に土下座しました（笑）。

「調子に乗りすぎました。申し訳ありません」

ガチ謝罪です。でもお母様から流れてくる冷気は少し収まっただけで、ルークはまだ冷気に晒されてます。

「殿下の嬉しい気持ちは良く分かりますが、そこまでにして頂きましょう」

お母様が女王様モードになってます。お母様の迫力パナイです。ルークは土下座ったままです。

ピクリとも動きません。

「宜しいですね。我慢出来ないなら、その時は仰って下さい。使い物にならないように致しますから」

お母様！　それダメなやつ！

「ちょっ！　お母様！　切るとか止めて下さい！」

「あら、切ったりなんて野蛮な事致しませんよ」

お母様が私の頭を撫でてくれます。やたらと凄味のある笑顔で。

「お薬でちょちょっとね。痛くも痒くも無いわ」

お薬って！　それアカン薬でしょ！　どんだけよ！

「安心なさい。シルヴァニアの薬は安心安全完全保証よ」

そんな安心安全完全保証とか嫌過ぎる！　シルヴァニアって、お母様の実家ってどうなってるの！　怖すぎよ！　そんな時でした。

「ラーメン、人気ですね！　鳥ガラスープ終わっちゃいました！」

「にゃっ！」

この雰囲気を壊す、明るい声！　アニスとタマが帰って来ました！

「あ！　タマちゃん、お箸をラーメンに刺しとくね！」

アニスはサッとお箸をラーメンの麺に突き刺しました。横から。安定するように、器は接地してます。

「ありがとにゃ！」

そう言うと、タマはトラジの隣に座ってラーメンを大事そうに後ろ足の上？　間？　に置いて食べ始めました。勿論アニスも食べてます。アニスは立ち食いです。

「ん〜っ！　牛ガラ醤油美味《おい》し〜い！　意外とサッパリ！」

チュルチュルと麺を啜《すす》る音が聞こえて、美味《おい》しそうだな……と思いましたが食べません！　甘い物で〆るからです！　なーに作ろっかなー♪

果物もお砂糖もハチミツもたーくさんっ！　ありますから！　あ〜でも、乳製品があればな！

生クリームとか食べたい！　イチゴショートとか作って貰うのに！　ん？　自分では作りません！　説明はしますけど！　あと膨らまし粉。なんだっけベーキングパウダーとかタンサンとか。パンをフワフワにするのもなんだっけ、見た事あるけどちゃんと思い出せない！　カチカチのパンとか無理！　あっ！　思い出した！　イースト菌だ！　何か本で見た事があるし、テレビでも見た。でも思い出せない。

（ナビさん、わかる？）

〈安心して下さい。マスターの脳内にはきちんと記憶されています〉

（……ありがとうナビさん。私には引き出せない情報を引き出せるナビさんには感謝しかないよ！　天然酵母とかもあったし、良いかも！）

〈ありがとうございますマスター。明日からいつでも作れるように今からロッジで作成して収納に回しますね〉

（えっ！　ありがとう！）

「エリーゼ様、どうかなさったんですか？　急にニヤニヤして」

「えっ！　あっニヤニヤしてた？　嫌だわ。食事の後の事を考えてたのよ。気にしないで」

「まぁ！　エリーゼ。食事の後って甘味かしら？　甘味よね！　お母様、待ってたのよ！」

アニスと交わした言葉にお母様が即座に入って来ました。スイーツ女子健在です！

「そうですね……善哉《ぜんざい》も良いですけど、コンロがありますしね。パンケーキとか、どうですか？

他に何か食べたい物がありますか？」

キラキラした瞳のお母様に安心したのかルークがそろりと立ち上がり、私にハンドサインでサンキュー的なやつをしました。

パンケーキ食べたい！　牛乳はないけど、卵と水と砂糖を小麦粉に入れて焼くんじゃい！　牛乳はないけど、ココナッツミルクを凍らせて攪拌《かくはん》して凍らせて……シャーベットを作って載せるんじゃぃー！　他のシャーベットやフルーツもどっさり載せるんだ！　牛乳がないから、違う物でどうにか……どうにかしてそれらしくするのだ！　後、イチゴとかドサッと乗っけてもイイ！　八丈島の農産物は季節シカトであれこれ作れるのが素敵！

「お母様、なんでも良いわ」

なんでも良いから甘い物を食べたいんですね！　今日はコッテリしたものばかりだから、サッパリした物が食べたいかな？　そう、例えばシャーベットとか！　みかんのシャーベット？　ゆずもあるけど、みかんの方が沢山あるのよね。梨でも良いかな？　うーん……悩むなぁ……悩む位なら作れば良いか！　どっちか一方だから、うだうだ悩むんだからさ！　良し、みかんと梨のシャーベットを多めに作ろう！　パンケーキにココナッツミルクとみかんと梨のシャーベット。後はやっぱり温かい系！　お餅が沢山あるから焼いて貰って、きな粉を塗《まぶ》して食べよう！

「エリーゼェ……食べてるかぁぁぁ……」

……ビヨオォォォ……お母様から冷気の渦が！　スイーツの事を考えてる所に酔っぱらって超ご

機嫌なお父様が来ました。お母様の機嫌が斜めってます！

「フェリシア、愛してるよ。だから、そんな顔をしないでくれ」

お父様！　キリッとして、そんな顔しても……って、何か気持ち良さそうに……酔ってるから、冷気が逆に気持ち良いのか！　ってドンドンお母様に寄ってって……

お父様がお母様を抱き締めてチューした！　チュー……ちょっと長いです。濃厚です。今だラブラブなのは分かりましたから、そろそろ止めてください。

「愛してるよ、フェリシア。今日は一緒に夜を過ごそうか？」

「お断りします。だってまだ飲まれるのでしょう？」

ハハハ……と笑うお父様に仕方ないって顔のお母様。

「その通りだな。そろそろ部屋に引き上げるのだろう？　その前にエリーゼに酒の摘まみをもう少し出して貰おうと思ってな。料理は粗方片付いたからな」

なぬ!?　スイーツに移れぬ！　だが、何かしら出さないと体に悪いと思うの。ビーフジャーキー的な色んな肉のジャーキーがあるから出しておこう。後、ドライフルーツもあるし落花生《らっかせい》もある。アンズもスモモもあるから出しておけば、デザート宜しく食べるかな？　ナツメヤシの実もあるしね！

「お母様、私あちらに行ってお摘まみを用意しますね」

うん、何か乾き物を出しておけば良いものね。まだまだ多くの人がいるし、まだ必要よね？

「タマ、トラジ、ヒナにチュウタロー。ここで仲良く待っててね。ルーク、悪いけど見ててね」

「分かった」

「まってるにゃ！」

「そうにゃ！」

「まってるっチュ」

ピュピュ～イ！（待ってる～！）

うん、皆良い子！　良いお返事！　フフッ……可愛いなぁ～！　ジムの居るコンロに向かう。

「ラーメンは終了しました！」

ジムのラーメン終了の声が聞こえた。数人の隊員が居たが、怒る事も無く口々に「残念だ」とか
「やっぱりおかわりは無謀だったか」とか聞こえてちょっとだけ笑えた。

「ジム！　ラーメンは大盛況だったみたいね」

大粒の汗を浮かべてジムが破顔しました。そんな所がジェニファーを惹きつけたのね。きっと。

「お嬢！　ええ、どれもこれも大人気でさ！」

ん？　ジムの後ろにえっちらおっちら鍋を運んでくる若い王都チームの料理人が見えました。

「ジム……まだ、何か出す予定だったかしら？」

「いや？　ん？」

振り向いたジムと私の視線を受け、ニカッ！　と笑ってやって来ます。コンロにゴトン！　と鍋

を置いた瞬間、僅かに洩れる匂いで気が付きました。小豆の香りです。

「小豆、炊いておきました！」

これは善哉《ぜんざい》確定ですね。きな粉餅は無しです。ジムはやれやれと言わんばかりにため息を吐く。

「ふぅ……ラーメンに使った鍋とかを下げてくれ。俺はここで甘味を出すから」

「はいっ！」

そう言うと空いた大鍋を持って走って行きました。

私はポロポロとコンロの網の上に餅を出していきます。ジムは慣れたもので、餅を並べ次々と焼いて行きます。

「ジム、私向こうの台にお酒のお摘まみを出して来るからお餅宜しくね！」

「へいっ！」

私は台に次々とお摘まみを出した。

〈マスター、クルミもありますよ〉

ああ、良いわね。じゃあ出しておきましょう。一キロ程。残ったら鳥達が食べるかしら？　ドライフルーツもかなりの種類があった。イチジクとか私も食べたい。バナナチップも食べたい。いやいや、誘惑に負けてはいけない！　バナナと言えばチョコバナナだなぁ……

〈マスター、カカオならば既にかなりの量を収穫しておりますが、チョコレートに加工なさいますか？〉

（え？　出来るの？）

〈勿論です。マスターが記憶した映像等を基に加工致します〉

（じゃ……じゃあ明日からお願い！　今日はチョコバナナとかムリ！）

こうして私はとっても優秀なナビさんのおかげでチョコレートを入手する事になったのでした！

イエーイ！　ココアもゲットです！

台の上に色々どっちゃり出してコンロに戻る。

コンロの上は小豆の入った鍋とお餅だけになってます。

「お待たせ。お餅が一個焼けたら、お母様の所に持って行くわ」

「よろしくお願いしやす！」

ジムはプックリと焼けたお餅を一つ器に盛ると、トロリとした小豆を掛けて渡してくれた。さっそくお母様へ持って行く。

「お母様、餅入り善哉《ぜんざい》です」

嬉しそうなお母様、安定のスイーツ女子です。

「まぁ、エリーゼ。嬉しいわ」

「また向こうに行って、幾つか甘味を出そうと思ってます」

ちょっと驚いたお母様はすぐに笑った。

「では、これを頂いた後はあちらに行くわ。勿論、タマちゃん達を連れてね。ね、殿下」

ルークをチラと見やり僅かに口角を上げる淑女の微笑みを見せる。ルークは皇子様スマイルでやり過ごす。

「勿論です。皆で行きましょう。きっと皆、料理をするエリーゼを近くで見たい筈ですからね」

ホホホ……ハハハ……と幻聴が聞こえました。こんな事を気にしたら、胃がぶっ壊れます。貴族ならば極々当たり前のやり取りです。要はルークにちびっ子の面倒を見なさいよ！　分かってますよ！　というやり取りなのだけど、そのまんまかも。さてコンロに戻りましょう。

「では、後程」

……戻ったら戻ったで、大勢のお子様達が焼けるお餅を見て瞳をキラキラさせてます。ぷくーっと膨らむお餅を見て「キャー！」とか言って喜んでます。そのお餅をヒョイとコーヒーカップ位の器に入れて、善哉《ぜんざい》を掛けるとソワソワしてます。

「ほらよ。順番を守らない奴には渡せないからな！　良い子で待ってろよ」

「「「「はぁーい！」」」」

うん、皆良い子だな！　さて、私はあっちの空いてる台で仕込むかな。

大鍋を出して小麦粉を入れて、卵を割り入れ砂糖をドバーッと入れて……水をちょっと入れてゆっくり攪拌《かくはん》。かたっ！　もう少し水を入れて……攪拌《かくはん》して……うん、良い感じ！　飾るフルーツはブルーベリーとクランベリー。そのまんま使えるようにしてくれてるのが、有難い！　ボウルを二つ出してブルーベリーとクランベリーを各々山盛りにしておく。後掛けの蜂蜜もドカンと一リットル位の壺を出して焼くだけにする。さて、もう一丁頑張りますよ！

「おい！　誰か！　厨房に行って王都の料理人を呼んで来てくれ！」

ジムの叫びに隊員が反応して走って行きました。焼く人が要る事を忘れてました！　てへぺろ(笑)。

鉄板を出して焼き台の上に出して置く。菜種油はこちらの台に出しておく。量は一カップ位で良いでしょう。足りなくなったら出せば良いんだし。後は載せるお皿とティースプーンかな。ドサッと置いておけば、良いでしょう！　うん。

ジムが助っ人を呼んだから、後はお任せで良いでしょうしね。今回はホットケーキというよりパンケーキです。厚みより速度重視です！

大鍋を出す。入れるのはココナッツミルクと砂糖。

「ゆっくり攪拌《かくはん》しながら、こっちから冷気を出す……」

右手で大鍋を支えながら攪拌《かくはん》、左手から強めの冷気を出す。徐々に冷気のお陰で固まる。もう少し攪拌《かくはん》の速度を上げても良いかな？　おおっ！　良い感じになってきた！　……イイカンジ……！

試食！　試食するのだぁっ！

スチャッとスプーンを出して、ココナッツミルクのシャーベットを少し掬《すく》う。ココナッツの香り……良い香り！　ハワイア〜ン！　パクッとな！　口中に広がる香りと甘さ！　たまらんとです！

「んん～～～！　美味《おい》し～～～い！」

思わずフルフルと体を震わせてしまう。あ～シャーベット、美味《おい》しい～！

「お嬢！　なんすかソレ！」

ジムが必死な形相で見てます。ウフフ、ちゃんと試食させるわよぅ！　クリーンの魔法でスプーンをキレイにしてからもう一度掬《すく》って差し出す。

「頂きます」

スプーンを受け取ると即座に咥《くわ》える。カッ！　と目を見開きました。スプーンを咥《くわ》えたまま、固まりました。

「ジム、お餅が焼けてるわよ」

「ハッ！　はい」

スプーンをポッケにしまい、焼けたお餅を器に入れて善哉《ぜんざい》を掛けて渡す作業に戻りました。何も言わないわね、どうしたのかしら？

「お待たせ致しました！」

「あっ……ああ……」

助っ人登場です。説明をして直ぐにパンケーキを焼き始める助っ人。さて、私はミカンと梨のシャーベットを作ろう。ミカンと梨はまずはジュースを作ってから冷却ですよ。そこからは簡単です。コンロからパンケーキの焼ける甘い香りが漂い始めます。

「エリーゼェ！　来たわよ〜！」

ここでお母様登場です。勿論、パンケーキ一番乗りはお母様に決定です。

「お母様！　今から焼く所だったんですのよ」

小さなパンケーキを焼き、ブルーベリーとクランベリーが載り蜂蜜を掛ける。

「あ、そのお皿こちらに頂戴」

「はい」

「え？　まだなの？」とお母様が可愛く言いましたが、そこは無視です。新しいスプーンを出して、ココナッツミルクのシャーベットを掬《すく》ってパンケーキの上に落とす。

「お母様、はいどうぞ」

ティースプーンの上でジンワリと溶けていくシャーベットと紫色のブルーベリーと共にあるパンケーキをお母様はそれはもう極上の笑顔で口に含んだ。

一瞬で笑顔が消え、パンケーキを凝視したまま無言……それはもう、美しく優雅なのに高速で平らげていくという妙技を披露して下さいました。ぶっちゃけ怖いです。

あ、食べ終えた。おかわりとか言うかな？

お母様を見てるのは私だけではありません。パンケーキを焼いてる料理人、ジムも善哉《ぜんざい》待ちの人達も注目してます。旅の間に、お母様は要注意人物として皆の脳裏に刻まれたようです。

……くるぅ〜り……無表情のお母様が体ごと私を振り返って……怖いですって！　お母様！

ニッコ～リ！

ヒッ！　お母様！　今のお母様の笑顔は滅茶苦茶怖いです！

「エリーゼ……今まで出し惜しみしていた訳じゃないのよね？」

ヒィッ！　怖い！　怖い！　怖い！　嘘はダメだ！　死ぬ！　確実に殺られる！

「勿論です、お母様！　今まではと気温と出す為の条件が整っておりませんでした。更に言えば、領都以外の場所で出すのは得策では無いと思ってました。決して出し惜しみではありません」

コテンと小首を傾げニコッと笑いました。お母様の私怒ってませんアピールです。あざといです。

「そうなのね。びっくりする程美味《おい》しくて冷たくて温かくて……香りもとっても良いわ。お母様、これだけ食べて生きていきたいわ」

バカ言ってる！　スイーツだけで生きられれば誰も苦労しません！

「お母様、パンケーキだけで生きるのは難しいですよ」

むぅ！　とホッペを膨らませましたが、そんなアピールは無視です！

「もぅ！　エリーゼは！」

「太ってお肌の調子が悪くなっても良ければ、どうぞパンケーキだけで生きて下さい。ああ、吹き出物とか出来ちゃうでしょうね」

この世の最後みたいな顔になりました。

「本当……なの？」

「本当です。肉や野菜も食べないと肌どころか体に悪いです。一日に少しならば問題ありません。

そうですね、おかわりを後一回する程度なら大丈夫でしょう。甘い物は太りやすいのですわ」

ションボリです！　お母様がションボリしました！

「じゃあ、おかわり頂くわ」

「はっ！　少々お待ち下さい！」

パンケーキ係の料理人が緊張した面持ちで作り始めました。私もジムも静かに息を吐きました。

これでなんとか、皆に行き渡るかな？

「シャーベットはみかんと梨がありますよー！」

「エリーゼ！　お母様、それ全部食べたいわ！」

お母様、反応早いなー（笑）。お皿にシャーベット三種類（みかん・梨・ココナッツ）を載せてお母様に手渡す。パンケーキも焼きたてが手渡され、お母様はホクホクです。

「ボクもぜんぶたべたいにゃ！」

「ボクもにゃ！」

「いっぱいたべたいチュウ……」

「ルチルにたくさんたべさせるっチュ！」

「ボク……ボクもぜんぶがいいにゃ！　ルチルといっしょにたべるにゃ！」

うん、にゃんこもチュウも全部載せですな！

「ルーク、あっちから大きいお皿を持って来て」

「了解」

サッと動いて、大きい平皿を七枚持って来た。うん？　七枚？

「善哉《ぜんざい》が大分はけてきたからな、交代して向こうで一緒に食べよう」

……気遣いの出来るイケメン！　それがルーーーーク！　良く見てるなー。

「お嬢！　こっちはお嬢達の分で終いでさぁ！　代わりますんで、安心して下さい！　俺も氷魔法使えるんで、冷やしたまんま出せますぜ！」

カップに次々と餅入り善哉《ぜんざい》が作られ、プレートにパンケーキとブルーベリーとクランベリーが載って蜂蜜をたっぷり掛ける。私はプレートを受け取り三種類のシャーベットをちゃちゃっと載っけてニャンコ達とピカ達に渡す。ルークの分と私の分のプレートを作りルークに手渡す。

「お嬢、お待たせ致しました。ありがとうございました」

ジムと交代して自分の分のプレートを持って、待っていてくれたお母様とルーク、うちの子達とルークの子達と、皆でキープしているテーブルへ歩いて行く。

背後には歓声をあげる子供達の声と嬉しそうな女性達の声が聞こえる。いつの時代も甘い物は心を沸き立たせるアイテムよね！

フフッ……砂糖が流通したら、甘い物は珍しい物じゃなくなる。沢山の美味《おい》しい物と甘い物。きっともっと幸せな気持ちになると思うの。

……農耕地を増やさないとダメだけど、そんなの土魔法でどうにか出来ると思うの。要は耕運機的な動きを魔法でどうにかすれば良いだけだものね！　いえ、最初は石やら雑草の除去ね！　あ……でも、それよりもサテュロス（雌）よ！　生クリーーーーム！　生クリーム食べたい！　パンケーキよりもホットケーキのが好きなのよ！　私は！　フワフワのフカフカの分厚いホットケーーーキ！　タップリの生クリームにフルーツ！　メープルシロップ！　ペラペラのパンケーキでも良いけど、私はホットケーキ派なのだよ！　チミィ！　って誰に言ってるんだ……私は……

到‼　着っ‼　って誰か！　誰かカメラをっ！　いや、この世に無い事位分かってます！　ああ……！　ユキとヒナがセットで寝てます！　可愛いです！　まごう事なき正義がここに！　まさかパンケーキの為に離れてる間に可愛くくっついて寝てるなんて思ってもみませんでした。

「ねてるにゃ……」

タマ？

「きもちよさそうにゃ……」

トラジ？

「なかよしそうだチュウ……」

チュウタロー？　微妙なトーンだったぞ？　どうした？

「にいに！　おいしそうっチュ！　はやくたべようっチュ！」

ルチル……天然砲ぶっ放したな。元気がなかったチュウタローが持ち直したぞ！

「そうね、シャーベットが溶けちゃうから早く食べないとね！」

うん、冷たい物は冷たいうちに！　だよ。

「そうにゃ！　たべるにゃ！」

「たべるにゃ！」

タマもトラジもプレートを持ってちょこんとお座りです。それぞれにスプーンを差し出すと嬉しそうに受け取り、いそいそと食べはじめる。

「わかったっチュ！　ルチルもたべるっチュ！」

「もう、たべてるっチュ！　おいしいっチュ！」

……ルチル早いなー。

「ウマウマにゃー！　ひんやりアマアマにゃー！」

うん、ノエルも早速食べてた。ルチルとノエルは並んで座ってる。チュウタローだけが立ってましたがプレートを持って、ルチルの隣りに座りました。スイーツを食べてる姿は問答無用で可愛いんだけどなぁ……

「にいにとノエルにいに！　おいしいチュ～！」

「あまくておいしいチュウ！　ルチルのいうとおりチュウ！」

「おいしいにゃ！　みんなといっしょだと、もっとおいしくかんじるにゃ！」

……ノエル……良い子だな。

「ああ、本当に美味《おい》しいな。クドくなくて甘過ぎ無いのが良いな」

ルークよ、何故に甘い笑顔で言いよる？　私はルークの笑顔で胸焼けしそうだよ。

「お母様はココナッツミルクのシャーベットが一番気に入ったわ！」

お母様……ぶれませんね。でも善哉《ぜんざい》ペロリの後のお言葉なんで暫定一位は永遠の善哉《ぜんざい》で、プレートで一番のお気に入りがココナッツミルクシャーベットだと解釈します。でも、爆弾は落とします！　ええ!!

「お母様……私の中ではココナッツミルクシャーベットは普通に美味《おい》しいだけで、私のお気に入りは別にありますわ」

お母様がガーン！　って顔してますけど、手と口はサクサク動いて平らげてるの丸見えですからね！　……あ……お母様、食べ終わった。

「エリーゼ、エリーゼは何がお気に入りなのかしら？」

「あ、そこは俺も気になる」

まさかのお母様&ルークからの質問です。

「私が本当に望む甘味……プリンとイチゴをタップリ使ったチョコレートパフェ！　ですわ！」

「お母様、その言葉だけでとても魅力的な甘味だと分かるわ……」

分かるんだ……さすがお母様ぶれません。一種の能力のようです。私のワガママスイーツ！　お店には無くて自作したパフェをもう一度我が手に！

それからしばらく三人で話していると、お母様が言い出しました。

「エリーゼ、そろそろ私達は下がる頃合よ」

周りを見るとデザートを堪能した子供達や女性がゆっくりと移動する姿があちこちに見えました。今からは男達が飲んだくれる時間帯に突入する訳です。私もルークもデザートを無事平らげたし……うちの子達もルークの子達も平らげてる。うん、自室に帰ろう。

「エリーゼ。ノエルとルチルを頼みたい」

「勿論よ。ノエル、ルチル。今日は私と皆で一緒に寝ましょう」

ルークは男なのだし、今からの時間はお父様やお兄様達と一緒に過ごして親交を深めるのが普通なのよね。

「どうしてにゃ？　なんでにゃ？　主といっしょはダメにゃ？」

ヨロヨロとルークの足元まで進んだノエルがルークの武装の裾を掴んで、ウルウルと瞳を潤ませて見上げてる。あざと可愛いっ！　私のライバルはきっとノエルだな！　こんなに可愛いのに、これでもかと可愛い攻撃されたら私負けちゃう！　それにしても……この恋人感のあるセリフをさらりと出せるとか……私、負けてるな！　女として！

「ノエル、ゴメンな。必要な事なんだ、良い子だからエリーゼ達と一緒に居てくれ。悪いな。エリーゼ、今夜は良い機会だから顔を繋げておきたい」

遠くに見えるお父様とお兄様達、そこに屯《たむろ》しているドワーフ達とエルフの男達……カオス（笑）。

それから、数人の領主隊隊員達と側近衆。ルークは私の夫として新規参入な訳ですよ！　ドワーフとエルフからすればルーキーな訳だしガンバレ！　と言いたい。……ドワーフのおっちゃんには明日会って太刀の製造をお願いしよう。やっぱり太刀は夢なので！　物足りなかったんだよね、普通の剣じゃさ（笑）。

「しかたないにゃ……ルチル、きょうはタマにゃとトラにゃとタマにゃといっしょにゃ」

「わーい！　にいにもいっしょっチュ！」

「にゃ……」

ガーン！　って顔してる（笑）。「も」って所が可愛いけど、ノエル気がついて無いな（笑）

「いっしょにゃ！」

「そうにゃ！　きょうはみんないっしょにゃ！」

「ルチルといっしょチュ……」

チュウタロー、言葉はそんなに嬉しそうじゃないけど尻尾は嬉しそうに振っちゃってるし……顔も笑顔だよ。ツンデレかな？　タマもトラジもノエルの前足を握って……可愛いな！　さて、のんびりするのもこの辺で終わりかな？

「じゃあ、ルーク頑張ってね。さ、皆行こうか。ユキ、ヒナ起きて！　部屋に戻るわよ！」

オ……オンッ！　（ん……はいっ！）

ピュイッ！（んあいっ！）

ユキもヒナも起きてトコトコとやって来る。皆揃ったし、戻ろう。

「お母様、ではお休みなさい」

お母様は優しい笑顔でハグしてくれた。

「長旅お疲れ様、エリーゼのお陰でとても快適で楽しかったわ。今日もこんなに沢山のご馳走、きっと今日この場に居た者達は忘れないと思うわ。ありがとう。明日は昼までゆっくり休むと良いわ、使用人達も楽しんでるでしょうしね。アニスもゆっくり過ごしなさい」

「ありがとうございます、奥様」

私とアニスと愉快な仲間達は一礼して屋内に入り、長い廊下を歩いて行く。

遠くで男達の笑い声にルークを歓迎する声が混じっていた。

煌々と照らされた自室の居間、脱いでおいた武装は片付いている。

「エリーゼ様、お茶を淹れますか？」

アニスの問いにフルフルと首を振る。

「それよりも湯あみをしたい。厨房に居たから汗かいたしね、手伝って頂戴」

少し……いや、結構かな？　疲れてる。浴槽でゆっくりと手足を伸ばしたい。若いからなのか、この世界だからなのか前世よりも接触過多の方が落ち着く。アニスは嬉しそうな笑顔で私を見上げる。

「勿論です！　では湯を張って来ますね！」

パタパタと足音がしそうなものだけど足音はしない。隅々まで敷きつめた絨毯の上に更に分厚く意匠の凝《こ》った絨毯が敷いてあるからって訳でもない……と思う。ソファに座ってグーッと体を伸ばす。

「つかれたにゃ？」

タマが小首を傾げて聞いてくる。クイクイと指でおいでとアピールするとトコトコと寄って来る。ヒョイと持ち上げ隣に座らせ耳の後ろを指先でコリコリと掻く。ネコの喜ぶ所だけどタマはどうなのかな？　目を細めてウットリし出したタマの顔を見て、同じだな……とか思った。

「ボクもしてほしいにゃ！」

トラジから要求来ました！

「ん、トラジもおいで」

トラジはタマとは反対側に座るとパフンと頭を私の胸の辺りに預ける。二三度頭を撫でてから耳の後ろを同じ様に掻くと、ゴロゴロと喉を鳴らした。ネコ以外のナニモノでもない。チラリと見たノエルがちょっぴり寂しそうに見えた。

「ノエル、私の膝の上にいらっしゃい」

「いいにゃ？　のってもいいのかにゃ？」

迷ってます。そんな姿も可愛いわね。

「タマもトラジも構わないわよね？」

「いいにゃ！」

「もちろんにゃ！」

「うれしいにゃ！」

そう言ったかと思ったらピョンッ！　と飛び乗って来ました！　大っきいネコです！　あ～でも、手いっぱいで撫でられ無い！　って……ノエルは頭をコテッと私の胸の上に乗っけました。

「ママにゃ……」

ノエルが赤ちゃんタイムに突入しました！　お腹の辺りをノエルの前足でキュッキュッと押されてます！　うん、これは仕方ない！　ニャンコの甘々タイムです！

チュウタローの視線が突き刺さってますが、気にしたら負けです！

「ノエルにいに、いっちゃったチュ。にいに、にいにとヒナねえねのあそびみたいっチュ！」

うん、ありがとうルチル！　末っ子の甘えん坊に感謝！

「わかったっチュ！　みせるっチュ！」

ユキは私の足元で丸くなってチュウタローとヒナの遊びとやらを見るようです。平和！

ヒナはポンポンとチュウタローをリフティングしてます。

「にいに、すごいっチュウ！」

小っちゃい手……じゃない、前足が鳴らない拍手をしてます。

「エリーゼ様、お待たせ致しまし……た？」

戻ってきたアニスが私とヒナチュウコンビの芸を見て戸惑ってます。

「ん、ありがとう。待ってる間にこんな事になっちゃったわ」

「どうなさいますか？」

私に聞いてるけど、目はヒナのリフティングを見てます。私はお風呂に入りたいのです。

「入るわ。タマ、トラジお風呂に入って来るから良い子で待っててね。ノエルもゴメンね」

タマとトラジから手を離し、ノエルを抱き上げるように立ち上がりタマとトラジの間に下ろす。

「うにゃ……いっしょにいたいにゃ……」

ノエル！　この甘え上手さんめ！　無理ですから！　そんなトロンとした顔で言ってもダメ！

「ゴメンね。皆と待ってて」

コクンと頷いたノエルはちょっと眠たそう……まるっきり小さい子供のようだわ。タマとトラジが両サイドからノエルの頭をヨシヨシしてる。癒されます。


ジャジャーン！

お風呂から上がってホコホコのサッパリです！　それはもう、色々サッパリです！　いや、お肌はシットリのピカピカです！　頭皮マッサージも良かった！

柔らかいなんの素材か分からない夜着を纏い、フッカフカの魔物素材の毛織物のガウンを羽織る。

髪の毛はドライでサラサラになってます。

アニスはザッと後始末してから来ます！　心配ご無用です！　だって、ほら……クリーン！　って言いましたから。便利だな！

「エリーゼ様！　クリーンは便利ですね！　浴室から何からピカピカですよ！」

「そうね」

二人して並んで歩いて居間に戻ると全員団子状態で寝てました。

ヒナ・ユキ・タマ・トラジ・ノエルで固まってる所にチュウタローとルチルがくっつく形です。

これはアレです、痺れ避けですね！

「可愛いですね」

「そうね。アニス、少し紅茶を貰えるかしら？　アニスも飲む？」

お団子を避けて静かにソファに座る。

「では、少しだけ」

ホットミルクと言いたい所だけど、そっち関係が全く無いからどうしようもない。なので紅茶を飲む事にしました。

「アニス、隣に」

「はい」

カップが二つ並び、アニスが隣に座る。

カップを手に取り香りを楽しむ。高級品だと分かる香りにクスリと笑う。少しだけ口に含むと甘さやコク、僅かな渋み、普段飲みなれた茶葉とは違う味でこれも悪くないと思う。

「美味《おい》しいですね」

「そうね」

チラリと見たアニスの細い首や浮き出た鎖骨に色っぽいな……等と思い、それは私も同じか！とセルフツッコミをしておく。

「楽しい旅が終わってしまったわ」

「はい、本当に楽しかったです。ずっとお側に居られて、他愛ないお話をしたり……」

「そうね。沢山のお料理を作ったり、魔物を倒したり」

少しだけ私より小さなアニスが私にもたれ掛かって来た。温かい体、フワリと香る香油の香り。

「毎日エリーゼ様の隣でお休みして、私とっても幸せでした」

「まるで二度とないような言い方だわ」

「えっ？」

「えっ？　って、え？」

アニスの呟きにツッコんだら、疑問文が返って来ました！

「もう、一緒にお休みはできないかと……タマちゃん達がいますし……」

「そんな訳ないでしょう！　今日も皆一緒にって言ったじゃない。これからだって一緒に寝るわよ。

寝たい時だけだけど」

　婚姻するまでは、一緒に寝ても良いじゃない。主だしずっと近くにいたんだから！

「そ……そうなんですね！　私ったら！」

アニスの顔を覗き込むように見てちょっとだけ笑う。だって涙目で顔を真っ赤にしてるんだもの。

でも……そうか、誤解させちゃってたか。これは私が悪い。

「さ、紅茶も飲んじゃったし、この子達を起こしてベッドに行くわよ」

「はい、エリーゼ様」

カップにクリーンの魔法を掛けて置いておく。明日になればハウスメイドがやって来て片付ける
でしょうから。パンパンと手を叩いて、寝室に行く事を告げて歩き出すと皆フラフラと付いて来る。

私はアニスの手を取って大きなベッドに潜り込んで小さく笑い合った。

ベッドの横で団子のように固まり、仲良く寝なおす姿を見てまた小さく笑った。

「お休み」

帰って来た我が家の朝と新しい出会い

パチッ！　となー！

習慣とは恐ろしいものです。何時に寝ようと、毎朝の起床時間には目が開くのです！　……体が……重い！　そして動かない！　頭は動く！　隣ではアニスがスースー寝てます！　呪いなのかっ！

なーんてね！　マップでは私の両脇……というか、腰の辺りにタマとトラジがピッタリくっついて寝てます！　そして私の胸の上にノエルの頭が見えます。チラッとだけど。いつの間にって事ですよ！　しかも上掛けの上に寝てるもんだから大変です。所でタマよ……私とアニスの間にムリクリ割り込んで挟まって寝るのは、どうかと思うわよ。

「よっ……と」

ズルリと体を沢山の枕達の上に引き上げるようにフワッフワの掛け布団から上半身を抜く。仰向けで腕でググググ……とズレた訳ですよ。ニャンコ達は布団の上なのでそのままです。このまま下半身も抜けば脱皮成功です。

ベッドヘッドに掴まり、ソロソロとずり上がる。……成功です！　脱皮成功です！　やりました！　気配を消して、そっとベッドから降りてクローゼットに行きます。勿論足音は立てないようににしてです……が、ユキがムクリと起き上がり付いてきます。

朝の鍛錬の格好になり、髪も纏めてしまうといつもと変わらない朝です。

無言でハンドサインだけでユキを連れて居間へ移動。居間の隅の棚に色々用意してありました。

ポットに水を入れ、砂糖と塩を入れ攪拌《かくはん》し、レモンを軽く絞って果汁を入れてまた攪拌《かくはん》。カップに

注いで一気に飲み干す。とりあえずはこれで良いかな？　ポットは冷蔵庫に入れておく。冷蔵庫は

ちょっとした物しか入ってないので余裕ありまくりです。それにしても用意が良くてさすがだわ。

「ユキ、外に行くけど一緒に行く？」

キュウン！　（付いてく！）

「じゃあ、行こっか」

既に寝室につながる扉は閉めきっている。余程でない限り、起きて来ないだろう。早足で廊下へ

出る。廊下はひんやりとした空気で人気も無い。

とりあえず運動不足なのは確かだから、軽く走って後は……後は素振りか体術か何かやろう。

チョロギーに会うのはその後かな。うん、決まり！

人気の無いエントランスから静かに外に出ると、外は寒かった。でも、この位なら平気。

「さて、軽くだけど走るよ」

ユキを見て走り出す。とりあえずは邸の周りで良いでしょう。

マップのこの辺りで動いているマーカーは私とユキだけ。昨日の宴は楽しかったな。

どうせ、午後になったら支度とか支度とか支度とかで時間を取られるんだから今だけは良いよね？

「ユキ！　楽しいね！」

ワフッ。（うん！）

大きな邸の周りを走り始めたばかりだけど、私はとても嬉しくて楽しかった。

でも想像以上でした。何かって、邸の広さがです。

拡大したマップに表示される私とユキのマーカーは殆ど動いてません。分かってます。だって風景はそれなりの速度で移動してるのに、壁が……終わる気配がありません！　いや、走るけど。チンタラ走っているのは性に合わない。ペースアップするか。タッ！　と速度を上げる。

アンッ！　（楽しーい！）

ユキは喜んでます。……なんとか一周走りました。我が家デカすぎです。もう膝がガクガクしてます。

「さて、チョロギーの所に行こうか」

なんとか体力を回復して、気を取りなおします。

ユキを見るとキラキラした目で私を見上げてます。うん、チョロギーはずっと一緒にお留守番した仲間だものね。私の横にピッタリ付いて歩く姿は凛々《りり》しいとしか言えない。

それにしてもユキの体力は中々ね。意外だったわ。

厩《うまや》にたどり着いた私とユキは幾つも並ぶ厩《うまや》を見つめた。最も手前に建っている小屋の厩《うまや》番は大あくびでウツラウツラとしていた。チョロギーのマーカーを頼りに見回すと最奥の一際立派な厩《うまや》にいる事が分かった。

大きな厩《うまや》の入り口に立ち扉を開ける。シルヴァニア産の馬達が一斉に私を見る。……迫力あるなぁ……

「チョロギー」

白と金の美しい馬が私をジッと見つめている。歩み寄り手を伸ばすと鼻面を近付けてくる。鼻面を撫でると静かに瞼を閉じて大人しくしてる。

「チョロギー。私の馬ってだけじゃなくて、私の下僕になる？」

ブフン！

小さく鼻を鳴らして真っ直ぐ私を見つめる目には迷いは無かった。両手でチョロギーの頭を包む（かなりはみ出してるけど）。チョロギーの頭を下げるように両手にちょっとだけ力を入れると頭を下げてくれた。チョロギーの額に私の額を合わせる。

「チョロギー。私にテイムされて頂戴」

小さな一言。でも確かな一言。フワリと何かを感じる。分かってる。

（ご主人様）

優しいしっとりとした男性的な声。初めて聞く声。

「チョロギー？」

（ご主人様）

……チョロギーは嘶《いなな》いて無い。でも声が聞こえる。どうして？

〈マスター。彼等との意思疎通は思念だけで可能です〉

「えっ！」

思わず声に出して驚く。

（チョロギー。分かるの？）

（分かる。ご主人様、ずっとお帰りを待ってました）

通じた。嬉しい……でも、私は声に出したい。

「ただいま。待たせてごめんね。でも、これからはずっと一緒だよ」

（嬉しい……私はご主人様と一緒にいられる事が嬉しい）

「少し乗りたい、外に行こっか」

（ああ！）

チョロギーを裸馬のまま外へ連れだし、鬣《たてがみ》を掴んで飛び乗る。そのまま駆け出す。ふと気づくとユキが伴走している。

（ご主人様！　私はずっと待ってました！　この日を！）

「うん。ありがとう！」

私達は広い前庭の人気の無い所を走った。走って走って走りました。チョロギーが。ユキも併走して走りまくって、ただいま休憩中です。騎乗したままですけど。

「久しぶりの我が家でチョロギーに乗れて、運動不足な体にはちょっと大変だったけど楽しかったわ」

（つらかったですか？　ご主人様）

「ん？　んー……辛くはないわね。でも、ちょっと暑くなったから涼みたいかな？」

（では、泉に行こう）

（水浴び！）

チョロギーに乗ったままで、そのまま森の中に進んで行く。先導はユキです。獣道にしてはしっかりと開けてます。ひょっとして、馬達が良く行くのかな？

ポコポコ進んで行くと森が開けて、小さいけど綺麗な泉が現れました！　ユキは走ってドボン！と泉に飛び込みました。犬じゃないけど、犬っぽいなぁ……バッシャバッシャして……

（きもちイ～！）

（愚か者！　魚が驚いているだろうが！）

（ごめ～ん！）

……兄と妹のようだわ……

チョロギーから降りて泉に近寄る。

「チョロギー、お水飲む？」

（ユキが上がったら飲もう）

膝を突いて泉の水に手を入れる。美しく澄んだ水……ユキが飛び込んだのに濁らないなんて……泉の底は泥とかじゃなくて、なんかキラキラした石が……何かしら？

（ご主人様！　ここねー！　水晶の泉っていうのよ！）

は？　水晶の泉……だと？

「え？　どうして……」

ガサリ！　と離れた場所にある茂みから音がして、出て来たのは小さな女の子……エルフの女の子でした！　可愛い～！

「お姉ちゃんダレ？」

声も可愛いわね！　いや、ここは笑顔！　笑顔なのよ！

「私は昨日帰ってきたここの領主の娘エリーゼよ」

ハッ！　とした顔も可愛い！　キョロキョロとユキとチョロギーを見てるけど、何かな？

「お姉ちゃんはワンちゃんとお馬さんといっしょに来たの？」

「そうよ。私のワンちゃんとお馬よ。ね、チョロギー、ユキ」

アンッ！　（ハイッ！）

ヒヒーン！（そうだ、私のご主人様だ！）

「お姉ちゃんのなのね！　スゴイ！　ここはね、大っきいお馬さん達が来るひみつの泉なのよ！」

……そうか……シルヴァニア産の馬達が来るのか。

「でも、秘密の泉って……」

「あのね！　ふつうのお馬さん達は来れないのよ！　ここは大っきいお馬さんしか来れないのよ！」

「そうなのね」

（ご主人様、この泉には我等以外は近付く事を禁止しています）

なる程。シルヴァニア産の馬だけの水飲み場という事か。

「お姉ちゃんは特別なのね！」

「そうかな？　……ねぇ、誰か呼んでない？」

「あ！　お母さんだ！　またね、お姉ちゃん！」

エルフの女の子は走って茂みに飛び込んで消えた。泉の謎は解けてないけど、それは又の機会でいいか！

遠くで女性の心配する声と先程の元気いっぱいな女の子の声が少しずつ遠ざかる。マップで確認してみる……あら？　結構森の深い所になるのね。エルフの集落に近いのか……って、ん？　変な表示がある。なんだというのだろう……これは……冒険だぁーーーっ！　行ってみよう！

「ユキ！　ちょっと気になる所が近くにあるから、行ってくる！」

（え？）

（何⁉）

ダッシュ！　ダーッシュ！　ダッシュ！　フンフンと鼻歌まじりで走って行きます！

「は？」

そこにあったのは、小さな赤い鳥居と小さなお社でした。ご丁寧に狐の石像がお社の両脇にあります。

「なんでお稲荷《いなり》さん？　……しかも、定期的に誰か来てる……？」

掃除がされてるし、榊《さかき》が飾ってある。いや、おかしかろう！　なんで異世界でお稲荷《いなり》さんがあるの！　でも、お社は年季が入ってるっぽいのよね。

（ご主人様！）

（ご主人様！　おいていかれるのは……？）

「あ〜……ゴメン。あなたはここのこと知ってた？」

ユキとチョロギーが慌てて追いかけて来ました。とりあえず、謝ってから聞いてみる。

（う〜んとね……ユキ、知ってる！　ご主人様のお母さんが来てた！）

（私は知りませんでした）

バッサバッサ尻尾を振って答えたユキの頭を撫でて、「ありがとう」と声を掛ける。なんでお母様が？　そう言えば温泉郷にも鳥居があったな……何か意味があるのかしら？　目の端に映るマップに現れたマーカーの表示はお母様と侍女トリオ。このまま待って、聞いてみよう。はぐらかされるかもしれないけど、良いじゃない！　ウジウジ考えるのなんて時間の無駄だしストレス溜まる！

ザワザワと木々の揺れる音。現れたお母様達は少しだけ驚いた顔をしたけど、すぐにいつものお顔になりました。

「お母様、おはようございます。お母様は何故ここに？」

「無事に帰れたので挨拶に来たのです」

「そうですか。これはなんですか？」

「……シルヴァニアの里長様が言うには神様がいらっしゃるのだそうよ」

……神様……確かに神様が住まうのがお社だ。間違いは無い。無いけど、この世界の神様もお社に住まうの？

「私には分かりません。ただ、里長様は気持ちの問題だからと仰ったわ。里でもお参りはしていたから、きっと習慣ね」

お母様は少しだけ困ったように笑った。信仰心ではなく、習慣だと言った。なら私も前世の習慣だと言ってお参りしてもバチは当たらない気がする。

「神様が居るかどうかではないんですね」

「ええ、そうよ。本当に里長様の仰る神様がいるのならば私達はもっと楽に生きられるでしょう。でもね、里長様は仰ったのよ。お参りする事で気持ちが切り替わるのならば、それも悪くない……

と。今日は無事帰れた事を報告しに来たのよ」

「では、私も一緒にお参り致します」

ニッコリと笑うお母様。

「エリーゼ様、お手を」

ん？　エミリを見ると、墓地で良く見かける桶と柄杓《ひしゃく》を持って立ってました。

「お参りの前はお清めなさいませんと」

……なんか混じってる気がする！　いや、手水舎《ちょうずや》無いから分かるけど！　あれか！　あの泉は手水舎《ちょうずや》代わりの水場か！　小川とか無いし、変だと思ったら何かやらかした泉なんだな！　そうに違いない！　ええ！　大人しく手を出して清めた後、お参りしましたよ！　二礼二拍手一礼でね！

なんていうか、不思議がいっぱいだね。でも、いちいち気にしてたらハゲると思うのよ。だから気にしない方向か、聞くだけ聞いて折り合いをつけるのよ。

お参りを済ませました。それにしても、お稲荷《いなり》さん……神様の存在は感じませんでした。

ピコンッ！

マップに何かの反応、グングン近付いて来る。マーカーの表示は何かの精霊だけど……大小二体？

チラリと見たお社の前にはお供え物の肉の塊《かたまり》、まさかね……どんどん近付くマーカー。茂みを揺らすような音は無い、でもすぐ側、お社の後ろ位？　でも、お社の後ろには何も無い。茂みまで距離があるけど……

「エリーゼ、どうしたの？」

「しっ！」

お母様が話し掛けて来たけど、制止します。

ギ……

え？　お社の扉が僅かな軋み音を出しながら開きました。僅かに構えて凝視します。扉の隙間から見えたのは朱色の足？　……四つ足？　鼻先がピョコッと出て……なんか小さい生き物出た！　出て来た頭は狐です！　丸々した子狐です！　何？　なんなの！　目とかまん丸でつぶらで可愛いです！　扉からチョコンと出たお顔と見詰め合っちゃいました！

「これ！　勝手に行くでない」

「かあさま……」

人語を喋りました！　そしてマーカーを見る限り、後ろに大きいのがあるって事は親子か……

「む……」

姿は見えずとも、声はする。子狐ちゃんはピョコン！　とお社から飛び降りて来ました！　あれ？　尻尾多くない？　多いよね？

「まだ、ヒトが居るとは……」

出て来たのは金毛ならぬ朱毛の九尾の狐。こう……どっちも全体的にキラキラした朱色の毛……

「神様が居るとは聞いていたけど……」

「お母様、違います。神様ではありません」

とりあえず、お母様の呟きには即レスで否定します。

「その通りじゃ。我等は神では無い。古来より炎を司《つかさど》る精霊じゃ」

自己申告ありがとうございます！　知能レベル高っ！　ニャンコやチュウとは大違い！

「かあさま、おなかすいた！　たべていい？」

チロリと母狐に見られドキドキしてきました。何かしら？

「ならぬ」

「え？　かあさま……どうして？」

足音一つ立てない不思議な母狐はグイと子狐を私の方に押し出した。ま……まさか、これは……

「其方からは我等と同じ者達との繋がりを感じる。我の子をどうか宜しく頼む」

「かあさま……」

「お行き。あの方はお前の主に相応しい方だ。ここは我の住まう場所、どこにも行かぬ」

親子の葛藤が見えるようです！　でも、母狐凄いなー……綺麗だし、迫力あるなぁ……

「……はい！　かあさま！　いってきます！」

トテトテと子狐ちゃんが来ました！　目線を合わせる為に膝を突いてなるべく視線を低くします。

私の膝に前足を乗っけて見上げる子狐ちゃん、可愛い！

「よろしくおねがいします」

これはアレだ！　本日二回目のテイムです！　小っちゃな子狐ちゃんの頭を両手で包んで（今度は収まるサイズ！）額を合わせて願う。

「私の下僕に……」

「いいよ！」

ピカッと互いのデコが光りました。初めて光った！

「その子は特別な子故、頼む。我は炎だけだが、その子は炎と何故か植物との親和性も高い。難しい所があるが、其方ならば問題無かろう。達者でな。育ち盛り故、日に何度か食事が要る。我のもとでは中々有りつけぬ事もあった。では我はこの肉を貰って行く」

母狐は気になる事も言いましたが肉の塊《かたまり》を咥《くわ》えて、お社の中へ消えました。目の端にメッセージが出てるけど、後回しです。ヒヨイと子狐ちゃんを抱っこして、チョロギーのところへ行きます。

「お母様、託されたこの子の事もあるので失礼します」

「ええ、分かってるわ」

挨拶もそこそこに子狐ちゃんを抱っこしたままチョロギーに乗り、ユキを先導に森から抜ける事にしました。本日、新しい仲間が二匹加わりました！

森を抜け、走る事数分。どこかから叫ぶ人影あり。こちらを目指してる？

（私達の世話をする者が来たな）

……そういや、無断で連れ出したんだったわ（笑）。怒られちゃう？　いや、居眠りしてた奴が悪い。私、悪くないと思う……いや、思いたい。

「チョロギー。あの人の所に行こうか」

（分かりました）

ドドッドドッと走って来る者へ走り寄る。辿り着き、ゼェハァと荒い息でこちらを見た。

「いつもの脱走かと思ったが、今日は違ったんだな」

（ご主人様！　私は毎日抜け出したりなんてしてませんから！）

チョロギーよ……自白乙！

「毎日、ご苦労様。今日は私が早くチョロギーに乗りたくて引っ張り出したのよ」

若い厩《うまや》番の男は驚いた顔のまま、頭を掻き「そうなんですね……」と呟いた。

（おもしろーい！　チョロギーが毎日抜けだしてたのバレてるー！）

ユキからも突っ込まれてます。チョロギー、真面目ぶってるけど思ったより天然かもしれない。足踏みして（なんで分かったのですか！）とか言ってるけど、自分でゲロってましたやん。イケ馬、大慌て（笑）。

「そろそろ朝の飼い葉の時間なので……」

申し訳なさそうに言う厩《うまや》番にニコリと笑う。正面玄関までの距離を見て、ここから歩いても問題無さそうだと踏んでチョロギーから降りる。無論、腕の中にはニューフェイスの子狐ちゃんが居る。重さを殆ど感じないのは精霊だからかしら？　チュウタローもあんまり感じないのよね。いや、でもタマ達は感じ……いや起きてる時は感じない。感じるのは寝てる時……意識の有無で重さが変わるのか！

「チョロギー。又後で遊ぼう」

(分かりました、ご主人様)

チョロギーに手を振って厩番《うまや》に目で合図すると、厩《うまや》へと歩いて行った。その後ろ姿を見送り「行こうか」とユキに声を掛ける。

オンッ！　(はいっ！)

……ユキと一緒に自室に戻って来た私が見たのは、涙目のタマとトラジ。責めるような目をしたヒナとスピスピと寝ているチュウタローとルチルでした。ノエルはタマとトラジからの貰い泣きをしてました。ヤレヤレって顔のアニスは「ほら、帰って来たでしょう」って言ってます。そんな時でした。今まで腕の中で大人しかった子狐ちゃんがピョコンと頭を出して……

「なかまがいっぱいいるコン！　うれしいコン！　よろしくコン！」

久々に場が凍り付きました。カオス！　カオス！　(笑)。あれ？　コン！　て……？

問題の時間が来ました。カオスは止まらない。

……涙目で子狐ちゃんを見つめるタマとトラジとノエル。パッチリお目々で凝視するヒナ。アニスはキラキラした目で見つめてます……子狐ちゃんを。

「えっ……エリーゼ様、その腕の中の子はどうなさったんですか？」

「……親から託されたのよ。テイムしたから、皆仲良くしてね。ここには居ないけど、昨日一緒に走った馬チョロギーも仲間になったのよ。後で一緒に行きましょうね」

タマがクシクシと前足で目元を拭いて、ベッドの上をトテテッと器用に走ってベッドから降りるとその勢いのままピョンピョンと飛んで来た。ピョコンと立ち上がり、私の足を掴みジッと子狐ちゃんを見つめて……

「タマにゃ。よろしくにゃ。なまえはなんていうにゃ？」

……名前……タマよ、まだ決まってないのだよ……

「きまってないコン！　なまえはないコン！」

子狐ちゃんが堂々と言い放ちました。一斉に私に視線が突き刺さりました。いや、現場を離れる方が優先順位高かったんですよ。

「とりあえず、向こうに行って座りましょう。アニス、果実水をお願い」

さっきから視界の端に名前を付けて下さいってメッセージがピコンピコンしてますがな！

「はいっ、エリーゼ様」

……寝てる子達は寝かしておきましょう。

「チュウタローとルチルは疲れてるみたいだから、そっとしておきましょうね」

「「はいにゃ！」」

ピュイッ！（はーい！）

居間に移動し、ソファに座り子狐ちゃんを隣に降ろします。オスかな？　メスかな？　ヒョイッと体を後ろ向きにしてクイッと尻尾を上げて股間を確認。……メスだ……ゴンとか付けられないか……可愛いから、ちょっとどうかとも思ってるけど。

「女の子なのね」

「そうだコン！　いつかはかあさまみたいなりっぱなオトナになるコン！」

……ヤッベェ……ヘンテコな名前付けたら、あの立派で美しい母狐にぶっ飛ばされそう……ここは私の知ってる名付けのセンスのありそうな人に頼らざるをえません！

「アニス。お水を出したら、大至急ルークを呼んで頂戴。これは重大案件よ！」

コトリと目の前に果実水が入ったグラスを置くと、アニスは足早に部屋から出て行った。……けど、すぐ戻って来ました。

「エリーゼ様、ルーク様担当の者に至急こちらにお越し頂きたいと伝えてほしいと言付《ことづ》けてまいりました！」

うん、凄く良い笑顔で言われました。そうか、アニスは専属侍女だから直接行けないんだったね、忘れていたよ……旅の間にその辺りの感覚抜けてた！

「じゃあ、ゆっくり待ってましょう。タマもトラジも上がってらっしゃい。ヒナもユキも好きな所に居て良いのよ」

タマとトラジはすぐさまソファに上がり、私にくっついてます。いわゆる縦抱っこみたいにキュッと立ったままピッタリくっついてます。ヒナは私の膝を枕に足元に座り、ユキは空いてる膝に顎を乗っけて座ってます。うん、モフモフ天国ですがノエルが……

「ノエルちゃん。私、ノエルちゃんを抱っこしたいなぁ。ね、私のお膝にいらっしゃい」

「のってもいいのかにゃ？」

「勿論よ、ね、来て頂戴」

ノエルはアニスに二足歩行で走り寄るとバンザイスタイルになりました。抱っこしてね！　のバンザイスタイルですね！　アニスはヒョイと抱き上げ、膝の上に座らせました。子狐ちゃんは私を見上げながら、ソファの上でお座りしてます。癒されます！

ルークが来るまで少々掛かると思うので、ゆっくりしましょう。

あ〜水が美味《おい》しい。空のグラスを少しアニス側に動かすだけで、冷えた果実水を注いでくれる。

二十分程たったし、そろそろかな？

「ねぇ、誰か呼びに行かせたって事はお昼まで休みだったはずの使用人を使ったって事よね」

「はい」

「まぁ、全員が一斉に休みでは困るから交代でとるのだろうけど……では、お使いに行ってくれた者にはご褒美をあげなくちゃ……ね」

何が良いかな？　ちょっとした飴玉とかなら日持ちもするし、目立たないか……

「アニス、旅の間に暇潰しで刺繍した手布を出して頂戴。簡単な物を」

「畏《かしこ》まりました」

アニスはサッと立ち上がりノエルに「ちょっと座っててね、ノエルちゃん！」とか言ってノエルを置くと、四隅に簡単な花を刺したハンカチを持って来ました。広げて貰いクリーンの魔法をサッと掛ける。

「そのまま持っていて頂戴」

コロコロンと飴玉を出す。ランダムに出したので、色とりどりです。アニスの手の平の上で丁寧に畳む。

「お使いが来たら、ご褒美として手渡して頂戴」

「はい」

そんなやり取りをしている途中にノック音が聞こえました！　来たようです。ノエルがソワソワしてます。アニスが行き、ルークを連れて戻って来ました。

「ノエル、良い子にしてたか？」

「まってたにゃ！」

四つ足で走って、ルークの胸目掛けてジャンプ！　ニャンコです！　やっぱり自分のご主人様が一番だよね！　ノエル！

「エリーゼ、大至急と言われたがどうした？」

「タマとトラジ、ちょっとゴメンね」

それだけでタマとトラジは私の横に移動して、チョコンと座る。私は子狐ちゃんをヒョイと抱き上げて、ルークに見せる。ピクンと顔が引き攣ったように見えたけどキニシナイ！

「この子のお母さんに託されてテイムしたの。託された手前、変な名前はつけられないなと思ったからルークにお願いしたいの。ちなみに女の子よ。お母さんはそれはそれは美しい金毛九尾ならぬ朱毛九尾だったわよ。女の子らしい可愛い名前をヨロシク！」

ルークはプルプルと震えてるけど、そこはシカトです！　ヨロヨロと近寄って来たけど、何する気かな？

「エリーゼ……頼む……頼むから抱っこさせてくれ……」

「縦抱っこしてるノエルは？　どうするの？」

ハッ！　としてるけど、もはやノエルの縦抱っこは通常過ぎて意識が薄くなってるのか……

「ノエル、ごめんな」

あっ！　ノエルを降ろした！　私の目の前で跪いて子狐ちゃんを両手で受け取ると、赤ちゃんを抱っこするみたいに抱っこしました。……生まれたての赤ちゃんを抱っこする時もこんな感じになるのかも……ちょっとだけ私とノエルの視線が絡み合いました。「仕方ない」そんな視線です。ノエルは小さなため息を吐きました。私もため息を吐きました。

「マジでめちゃくちゃ可愛い～！　フワフワだな！　うんと可愛い名前にしような！」

……私には見える！　娘が生まれたら、全力で娘ラブになる親バカ一直線なルークが！　堪能するより、名前考えて欲しいです！

さて、ただ今のルーク氏の状態はというと……胡座《あぐら》をかいて、子狐ちゃんを胡座の中央に置いてウンウン唸ってます。いや、私の部屋キレイですし別に良いんですけどね。

「エリーゼ……」

真剣な顔でおもむろに口を開きました。やっと決まるのかしら。

「ココアはどうだろうか？」

「却下。茶色じゃないんで」

ココアは好きだけど、ココアと言うよりホットチョコレートと言いたい派ですから！

「だいたい……大きくなった時の事も考えて欲しいのに……」

「そうなんだよな！　そこなんだよ！」

理解してるならなんで聞いた……ガシガシと頭を掻いて悩ましげだけど、惑わされないわよ！

ノエルはアニスの膝の上で大人しく撫でられてる。タマとトラジは再び私の両脇に来て、座ってます。寝室に繋がる扉は全開ですが、カサリとも音がしません。まだチュウタローとルチルは寝こけてます。再び考え込んだルークは子狐ちゃんを撫でながらボンヤリとしたかと思ったらビクゥン！

と跳ねるような反応をしました。何か思いついたようです。

「なぁ！　リコは？」

唐突に……でも、なんで『リコ』なのかしら？

「一応聞くけど、由来は？」

キラキラした目で私を見るんじゃありません。

「リコリス。昔、母さんがヒガンバナのことをリコリスって言ってて。ダメかな？」

リコリス？　あれ？　一緒だっけ？　違うような……？

「正確には違うかも知れないけど、母さんは可愛い物好きな人でリコリスの方が可愛いからって理由で言わされてた」

「なる程。ヒナの名前の由来は比内地鶏だから、それよりは可愛いわね」

「……ちなみにどんな名前をつけるつもりだったんだ？」

……嫌な事聞いてきたよ……この人……

「そうね。ゴンとか、いなり○とかしか……浮かばなかったわ」

ジト目で見詰められてます。理由はわかります。

「ゴンはともかく、いなり○はダメだろ。背中からご飯粒出てきそうだからダメだぞ。絶対！」

「詳しいのね」

「まぁな。だが、その辺は許せる。俺の中では……許せないのは家康くんだ……」

ああ……浜松《はままつ》対岡崎の対決か……家康くんネタは出さないでおこう。

「リコって可愛い名前ね。登録するね」

ずっと点滅していたメッセージに触れると、いつもの軽快なリズムとメッセージが流れて来ました。名前が決まってたチョロギーはそのまま登録だったけど、リコの場合は仮登録みたいな状態だったようです。

「はい。リコ」

「ご主人様、ありがとコーン！　アタシはリコ！　ヨロシクだコーン！」

バッ！　とルークの胡座から飛び出し、私の前で尻尾をフリフリして……めっちゃ可愛い！　思わず両手を出したら、そのまま膝の上に飛び乗りました！　ルークのあぁ〜！　って顔をチラ見しましたが、あえてここは無視です。

……尻尾フサフサで気持ち良い〜！　円《つぶ》らな金色の瞳もキラッキラで可愛い〜！　火の精霊なのよね。色が火を連想させて良いわよね。鑑定は後でやろう。

「リコはまだまだ子供なのよね？」

「そうだコン！　まだまだおっきくならないコン！　でも、あんしんしてほしいコン！　いろんなわざはだせるコン！」

うん。アピールしっかり出来る子でした。タマとトラジも尻尾フリフリしてます。興味津々です！　リコの動きを察知して距離を取ったユキとヒナも歓迎してます。それにしても……チュウタロー……これだけ騒がしくても寝てるか……

そろそろチュウタローを起こして、一旦全員島送りにしよう。私達はその隙に朝ご飯にしよう……水だけでお腹は膨らまぬ！

「そろそろチュウタローを起こそうと思うの」

笑顔で……笑顔で言うのよ、私！

「エリーゼ様、気配が何やら不穏です」

クッ！　アニス！　私の笑顔が失敗してる事を堂々と言わない！　無言でアニスからノエルを受け取り、ヒョイと縦抱っこしてるルーク。

「チュウタローはルチルと一緒に寝てるのよ。私の寝室で」

ビクゥン！　ルークったらまたしても、中々の反応です。私の寝室ってので反応したのかしら？　だったら嬉しいような恥ずかしいような……って、扉開いてるんだった！　どうりでチラッチラッとしてる訳だ。考えるのはやめよう。感じるのもやめです。

「主！　ボクがおこしてくるにゃ！」

「いっしょにいくにゃ！」

タマとトラジがピョコンピョコンとソファから降り立ち、トタタッと行ってしまいました。こっからだと寝室は一部公開状態です。籠《かご》は見えない位置なので分かりづらいなぁ……こんな時はマップ頼りですけどね。

やがて、ルチルと手……前足を繋いで不機嫌なチュウタローがタマとトラジに押されるように出て来ました。

「そいつはなんだっチュ！」

けんか腰か……チュウタローよ。

「リコだコン！　なかまになったコン！　よろしくだコン！」

「なかま……チュウ？」

眉根辺りをキュゥンと寄せたチュウタローがちょっぴり可愛いです。まぁ、あれだ、親睦を深めて貰おう。

「そうよ。と、いうわけで皆八丈島に行ってね！」

ポポポポポンッ！　と消えました。ルチルがビックリしてますが、許してほしい。

「さて、私は下に降りて朝ご飯でも作ろうかと思ってるのだけど。ルークはどうする？　部屋に戻る？」

ルークはフルフルと首を振ってる。なんか、可愛い。

「ついてく。俺……エリーゼの作るご飯食べたい。出来れば毎日」

バカッ！　それ今、言う？　言っちゃう？　もぅ！　バカ！　バカ！　バーーカ！　大好き！

「下に降りるの早いな……」

ん？　あー……そうか、ルークは客室にお泊まりだったなぁ……それじゃあ、ここまで来るのに歩かされたな！

「そうね。家族はこの一番簡単なルートだもの」

アニスの先導ですぐさま一階に降りて、厨房を目指す。道順は簡単だけど長さは結構あるのである！　順番としては、アニス↓私↓ルーク↓ノエルとルチルの順番で歩いてます。

「そうだ。俺の収納に残ってる肉とかはどうすれば良い？」

「お昼過ぎに倉庫に出して貰う事になると思うわ。今は朝ご飯の事を考えてるけど、お粥さんの方が良いわよね？　お供は何が良い？」

焼きタラコとか懐かしいなぁ……食べたいなぁ……向こうは本当、色々あったなぁ……

「味噌おでんの玉子……」

「うん、無理。時間的に無理」

「だよな……」

そんな時間の掛かるもの作れるか！　美味《おい》しいし好きだけど！

「蕗《ふき》味噌とか味噌系の何かが欲しい」

「蕗《ふき》味噌も無理。肉味噌を作ろっか？」

「頼む。シジミ汁とか飲みたい」

「そうね私も飲みたい。……味噌系ばっかり……青菜のお浸し……じゃなくて蕗《ふき》の出汁《だし》煮でも作るか……後、浅漬けかな。軽めが良いよね」

「助かる。俺、エリーゼと知り合えて良かった」

……なんだろう……ルーク……どうしちゃったの？

「ごめん。俺、都合良い事ばっかり言ってる」

「ん？　んー……別に、そこは気にしてないけど……どうしちゃったの？」

ん？　黙ったぞ？　……なんか言え。

「昨日……一人で寝てて、何か心がポッカリして……エリーゼが居なかったら、ずっと何か分からない寂しさを抱えて生きてたのかな？　と思って」

「かもね。でも、出会って好きになって……今日の夜には婚約者として正式発表よ。ずっと一緒に生きてね……一人ぼっちにさせたら許さないから」

「誓うよ。ずっと一緒に居よう」

「うん」

アニスもノエルもルチルも一言も挟んで来ない。ただただ、私とルークのやり取りを聞いていてくれた。エントランスホールの中央階段を降りて、厨房を目指して歩く。

……？　厨房が近付いて来たのだけど、何か騒がしい？　使用人達は勿論だけど料理人達もお昼までは休みな筈よね……どうした？

「ジム！　この果報者がぁ！」

「お前、新しい料理だけじゃなくて嫁さんまで決まったって聞いたぞ！」

「そうだ！　そうだ！　ずるいぞ！　お前ばっかり！」

「畜生！　俺も王都に付いて行けば良かった！」

「バカヤロウ！　毎日毎日、新しい料理覚えるのがどんだけ大変か分かってんのかよ！　お嬢が求める物は今までの料理と段違いなんだぞ！　必死なんだよ！」

「それでも新しい料理を知る喜びは、何ものにも代え難い」

「オォォォォォーーー！」

「凄い騒ぎですね」

アニス……ドヤ顔でキメないで下さい。

「まぁ、良いわ。とにかく朝ご飯よ、お腹空いて仕方ないもの」

ズンズンと突き進み、厨房の入り口から中を覗く。スゥ……と大きく息を吸い……

「おはよう！　悪いけど、お腹が空いたから朝ご飯を作らせて貰うわよ」

ババッ！　と全員が振り返り私を見つめた。負けません！　食べるまでは！

「おはようございます、お嬢。今から朝ご飯ですか？　何を作るんすか？」

さすがに慣れたものね。ジムが近付いて来る。ジムの後ろにはゾロゾロと見慣れた顔が居る。王都チームの料理人達だ。

「お粥さんを作ろうと思って。それだけだと寂しいから肉味噌と蕗《ふき》を出汁《だし》で炊いたものと野菜の浅漬け、それにシジミ汁を作るつもりよ」

ジムはニカッと笑うとドン！　と胸を叩く。

「聞いたか！　お粥だ！　あとはシジミ汁ってのは何かの汁ものですか？」

「ええ、シジミという貝のお味噌汁よ」

ワラワラと動き出す王都チーム。その王都チームに数人ずつくっついて動き出す領地チーム。料理長がジムの横に来る。

「よーし！　お味噌汁の準備に入れ！　お嬢、浅漬けはなんでも良いんですかい？」

「なんでも良いわよ」

数人が動き出し、どこかに消えた。蕗と肉味噌は説明して作って貰うべきか？　料理長はキラキラした目で私を見て来る。うん、料理長も料理バカだよね。蕗を収納から取り出して……立派な蕗でした。肉味噌用にボアか牙猪か迷って牙猪にします！　牙猪の肉にあとはショウガとネギとニンニクを出しておく。そしてシジミをドチャッと出しておく。

ついでに大鍋を出していつものスポドリもどきを作っておく。

「飲むと楽になるわよ。昨日飲みすぎたって人は飲んでね！」

後は説明するので作ってもらいます！　せっかくの料理人ですからね。

気持ち的にはフラついてしまうけど、体はシャンとして令嬢らしく真っ直ぐ歩いてます。姿勢もスッとしてます！　令嬢ですから！　辿り着いた食堂の扉に手を掛けると、食堂からなんとなく冷気が漂ってきて首を傾げる。なんで冷気？

頭にクエスチョンマークを浮かべながら食堂の扉を開けると、冷気を放つキャスバルお兄様と対面席に座るルークがいました。アニスは部屋の隅にいます。お兄様とルークの前にカップがある所を見ると、お二人共水を飲んだようです。

「エリーゼ、ひとつ聞くが……厨房に行くまでルークと一緒だったというのは本当かい？」

ん？　何か色々引っかかるけど……

「はい。確かに厨房に行くまで一緒に居りましたが……どうかなさいましたか」

ブワッと冷気が吹き出ました。キャスバルお兄様からルークに向かって。あえて表現すると。ウワァ！　食堂なのに空気がキラキラしてるぅ〜。これってダイヤモンドダストかしらぁ？　ってトコです。

「寒……キャスバルお兄様、一体どうして……」

お兄様のお顔は痺れる程引き締まって格好いいけど、怒気も感じます。

「エリーゼ……事情は知っているが、婚前に閨《ねや》を共にするのは感心しないぞ」

「はっ？　えっ？　閨《ねや》？　閨《ねや》ってお兄様とレイが共にしてるアレですか？」

ビョオオォォ！　と冷気が食堂中を吹き荒れたような気がしました。いえ、気がしたのではなく吹いたんです。しまった……踏んではいけない地雷を踏んだのでしょうか？

「キャスバル様、お待たせ致しました」

救世主現る！　レイが来た！　なんで席を外してたのかしら？　おっと、それどころじゃない！

「お兄様。私、ルークとは閨《ねや》を共にしてませんよ。して良いならしますけど」

キャスバルお兄様の顔がビクリと引き攣りました。

「キャスバル様、確認しましたら確かにルーク様は少し前にエリーゼ様のお部屋に行かれたようです。又、エリーゼ様は朝外を走っておられた姿を目撃されております。一緒にいらしたのは僅かな時間だと思われます」

冷気が消えました！　フフフ……キャスバルお兄様ったら、何をどう聞いてどの様に曲解したのかしら……それに、ちゃんと聞きもせずに、感心しないぞ！　とか言いやがりましたよね。ここはアレよ……ちょっと目に涙を浮かべて、責めてみよう！　貴族令嬢ならば押さえておくべき基本の技ですわよ！　グッと眉根を寄せて、キャスバルお兄様を見つめる。

「ヒドいわ……キャス兄様……私の事、そんなにはしたない女だと思っていらしたのね……」

ちょっと俯き顔を逸らす。この程度は基本中の基本です。ガタガタッと立ち上がる音があっちこっちから聞こえます。あれ？　何か厭《いや》な予感……キャス兄様めぇ……

グイッ！　ギュムゥ！

「済まない！　エリーゼッ！　可愛い私のお姫様がいきなり大人の女性になって、良く知りもしない男と一晩中一緒にいたのかと思って……泣かせるつもりはなかったんだ！」

ギチギチに抱き締めて言う事ですか？　なんか体のあちこちが痛いです。それにしても、良く知りもしない男って……仮にも帝国皇子なのに……あ！　ルークに手を握られてる♪

「エリーゼ。今すぐ帝国に行こう！　大丈夫だ、俺がエリーゼを守るから！　帝国に行ってすぐさま結婚して一緒に暮らそう」

……ルークはルークで何か……

「離せ……エリーゼは帝国には行かせん」

「そちらこそ離して頂こう。エリーゼは私の妻になる女性だ」

……お兄様もルークも無駄に格好良く決めてる感じがする。

「キャスバル様、そろそろ離されませんとエリーゼ様がお苦しみになるかも知れませんよ」

ナイスフォロー！　レイ！　助かるよ！　……お兄様、結構ガタイは良いし力もあるから折れちゃいそうだよ！　物理的にね。

「あぁ……済まない。苦しかったかい？」

うん。苦しかったね！　ちょっぴりマジもんの涙出ちゃった。おずおずとお兄様のお顔を見て……と。我ながらあざといなぁ（笑）。

「ええ……キャス兄様にあんな風に抱き締められるなんて……」

ちょっとした絞め技かと思って殺意湧くところだったわ。弱々しく微笑んで……っと。

「エリーゼェェェエ！」

ガシィッ！　また抱き締められたぁ！　ちょっと！　お兄様ァ！　離せ！　離せぇぇぇぇ！

頭の天辺《てっぺん》からチュッチュ音がする！　何やってんの？

ガキィッ！

「キャス、それ以上は嫌われる」

え？　今の打撃音は何？　そして、この低い声って……

「むぅ……レイ……」

今だ！　チャンス‼

「キャス兄様……苦しい……離してぇ……」

「あ……ああ、済まない」

力が緩まった。嫌いにはならないけど、腹パン一発決める！　お兄様の腕が離れて行くのを俯きながら待ち……

ドズゥ……ン……ズシャアァァァ……

決めてやりました！　お父様と違って、キャスバルお兄様は膝をつきました。

「閨《ねや》がどうとか失礼過ぎるので、今の私の気持ちですわ。なんとか半年耐えようとしているのに……」

チラリと見ると、キャスバルお兄様はそのまま土下座スタイルに流れるように移りました。

「エリーゼ、悪かった。この通りだ……だから短気だけは起こさないでくれ」

「別に短気なんて起こしません。それよりも席に戻って下さい。そろそろ朝ご飯が出来る筈ですから」

お腹が空いてると気が短くなっちゃうし、ヨクナイ！　私も短気起こしたしね！　ゴメンね、お兄様。でも婚姻式までは耐えるわよ！　それにしても腹パンはお母様直伝ですからね！　威力バツグンです。

視界にカタカタと震えてる人がいました。ルークです。

「ルーク、ルークも席に戻ってね」

「あ……ああ……」

私は私の席に座ります。コトリと目の前にカップが置かれ、水が注がれます。

「エリーゼ様、落ち着いてらっしゃいますか？」

アニスよ……落ち着いてません。早くご飯食べたいです！　とりあえず、この水を飲んで落ち着こう。気が紛れるもの。それにしても、ルークのセリフ……あれは中々の破壊力だったな。間近であんな事言われたら、フラフラッとついて行きかねないな……ヤベェな！　アレは！　でも……そうか……さすが乙女ゲームの攻略者という所か……

「エリーゼ様、どうかなさったのですか？」

「ん？　んー……さすが帝国皇子様という所がね……あの人に帝国貴族の令嬢はどれ程夢想したのかしら……と思って」

嘘です。乙女ゲーヒロインだったあの子の事とかチラッと思い浮かべてました。いやぁ……色男、金と力は無かりけりなんぞどこ吹く風ですなぁ。金も権力もある色男って、ある意味毒だな。……

お兄様達も同レベルか。まぁ、キャスバルお兄様の婚約者の方にはお会いした事無いけど同じ辺境侯令嬢って聞くし……肝は据わってるでしょ。ヒルダはまぁ……あの子は結構、肝っ玉だから安心だわ。

「フフッ……お姉様ねぇ……」

「エリーゼ様？」

「ああ、アニス。少しだけヒルダの事を思い出したのよ」

「ウナス伯爵令嬢ヒルデガルド様ですか……」

「ええ、いずれヒルダの事を義姉様と呼ばなければいけないのに……フフッあの子ったら私の事をお姉様って……仕方ない子よね」

うん、シーンとするのは止めて欲しい。誰かツッコむなりなんなりしてくれないかしら？　見回すとレイが顔を逸らしたわ！

「仲、良いんだな。そうだな、俺も義兄上と呼ばなければいけないな」

「止めて貰おう。呼び捨てで構わない。立場で言えば皇子と一貴族の息子だ、なんとなくだが義兄上は良くない気がする」

丁々発止《ちょうちょうはっし》とは、この事だろうか？　ルークとキャスバルお兄様はなんだかんだで似た者同士のような気がする。

「お待たせ致しました」

料理長とジムがワゴンを押して来ました！　やっと朝ご飯ですよ！　あ～♪　シジミ汁の良い匂いがする～♪

「シジミ汁を先に一杯頂戴。私はお酒は飲んでないけど飲んだ翌朝はコレが良いのよ！　体に良いからちょこちょこ作ってほしいわ！」

ササッと注いでくれて、全員の前に器を置いてくれました……そして二つ余分に注いでコトコトと私とキャスバルお兄様の傍に置きました。

「アニス様もレイ様も一緒に済ませた方が宜しいでしょう」

……料理長！　気のきく男！　ゆっくり朝ごはんをいただきます！

そしてあっという間に完食！

「エリーゼ、朝食の後はどうするの？」

途中で合流して家族全員になってました。ブレないお母様はさすがとしか言えません。

「そうですね。メイドに手伝って貰って荷物を部屋に移してしまおうと思ってますわ。輿入れするために仕立てて頂いたドレスやお飾りをしまってしまいたいわ」

何年分と用意されたドレスやそれに合わせたお飾り。三点セットや五点セットならまだしも、十点セットとかどうなってるの？　とか思う訳ですよ。

さらに靴まで合わせて作ってるものだから、荷物は鬼のように多いのだ！　先発組としてもう到着してるのだけど、どの部屋に運び込むとかは専属侍女のアニスが居なければ片付けられないのだ！　そのアニスには私が指示しないとアニスも勝手なことはできないから結局私が居ないと荷物は運び込めないのですー。

「そうね……私も荷物を片付けしないとダメね。今夜は晩餐会だもの着飾らないと。エリーゼも旅の疲れをしっかり取って、うんと着飾らないとね」

そうだった……寄子《よりこ》貴族が帰る前に、ルークとの婚約発表だった……！　チラリとアニスを見ると、手をワキワキさせてました！　やる気です！　徹底的に私を磨き上げる気です！

「エリーゼェェェ！　咲き誇るバラのように美しく、煌めく剣のように強く料理上手な俺の娘がっ！　ちくしょおぉぉぉっっ！」

お父様が半泣きで絶叫してます。お母様が黒い微笑みでお父様の前に立ちました。ドキドキするわよ！

「ハインリッヒ。エリーゼの幸せを壊すような発言は許しませんわよ。それ以上、仰ったら私うっかり旦那様に拳を叩き込んでしまうかも知れないわ」

ヒイッ！　お母様、それは脅しというものです！　止めて下さい！

「う……俺は……俺はエリーゼの幸せを壊す事はしない！　ただ、もっとエリーゼと一緒にいたかっただけだ」

お父様、本音をだだ漏れにするのはいかがなものかと思います。

「お父様、私はルークと婚姻してもシュバルツバルト領から出ていったりしませんわ。私はいつまでもお父様の娘ですわ」

「なんて親思いの娘なんだ！　俺は幸せ者だぁっ！」

むせび泣いています。昨日の酒が残ってるのかな？　正気に戻れ！　お父様。お母様は「仕方ない人ね」と言って笑ってます。

クスクスと笑うお母様と話し合い、お父様とルークを見る。

「エリーゼ、私達は支度もあるし早々に行きましょうか」

「はい」

「今日はどの色のドレスを着るつもりかしら？」

お母様はドレスの色被りを避けたいのでしょう。幾つもあるドレスの中で自宅で着る為に仕立てたドレス……王都の邸で婚姻式の前に親しい友人を招いて夜会を開くつもりで仕立てた私好みのドレス。結局着ないまま持って来たドレス……あのドレスを着たい。

「お母様。私が王都の邸で着るつもりだったあのドレスを覚えていらっしゃいますか？」

お母様は小首を傾げてクスリと笑った。

「紫色のドレスね。あれは最近仕立てた物の中では一番華やかね。良いわ、私は濃紺のドレスにしましょう。エリーゼはお飾りはどうするの？」

「エメラルドをつけようと思ってます」

だってルークの色だもの。それに紫色のドレスと合わせても、余り変ではないもの。

「そうね。それが良いわ」

クスクスと笑いながらお母様と一緒に階段を上がる。今日の昼間には前庭にいる人達は領都に散らばるだろう。領主隊の人達は警護もあるから、いるかも知れない。もう、旅は終わって新しい時間を刻んでいくのね……

自室の前でお母様と別れる。お母様はさらに奥のお部屋だ。いわば隣なのだが、部屋が広いので扉まで結構な距離がある。子供の頃はうんと遠く感じたけど……いや、やっぱり遠いわ。

自室に入ってちょっとだけホッとする。

「エリーゼ様、お茶を淹れますね」

「ありがとうアニス。みんなでお水を飲めるようにしておくわね」

皆を島から呼び戻して、ホッと一息つく。

スタスタと進んで、居間の一角に大きなお盆を置いてその上に深めのスープ皿のような木のボウルを置いて魔法で水を入れる。ニャンコとチュウは手でカップを持つから良いけど、他の子は持てないので水皿をセットします。

「うれしいコン！」

リコが嬉しそうに尻尾をフリフリ振って水皿に向かう。ピチピチと飲むとトッテテトッテテ走って回る。うん、子供ってこんな感じよね。アニスに紅茶を淹れて貰いソファに座る。

「お昼までは皆休んでますから、それまではゆっくりなさいますか？」

「ええ……そうね……じゃあ、チュウタローちょっといらっしゃい」

ユキとイチャイチャしてるチュウタローに指をチョイチョイと動かして呼ぶ。

「なにチュウ？」

巨大ハムスターがトテトテと二足歩行で来ました。ん？　あれ？　前だったら呼べば胸目掛けてかっ飛んできたりしたチュウタローが普通になってる。おかしいな？　視線も全く普通な気がする。

近くまで来たチュウタローをヒョイと抱き上げ膝の上に乗せる。……あれ？　向かい合わせで膝上だけど大人しい。

「どうしたのチュウタロー。やたらと胸にくっつこうとしたチュウタローじゃないじゃない」

ショボンとするチュウタロー。やっぱりおかしい……何があった？

(ご主人様、私、チュウタローのママになったの！)

ユキが近付いてきたかと思ったら、爆弾発言でごわす！

「あ……そう……なの？　ホントなのチュウタロー……」

テレテレしてるチュウタロー。可愛いけど微妙な気持ち悪さ。エロネズミ……どうした、エロネズミの汚名を返上するつもりなのか？

「ホントチュウ……でも、あのオスたちもキライじゃないっチュウ！」

……ダメな方向に進んでしまった。エロネズミじゃなくて変態ネズミになってしまった……

スッ……とチュウタローをユキの背中に乗せて、うっすら笑う。達者でイキロ……チュウタローよ。

「ユキ、チュウタローをよろしくね。チュウタローもユキママを大事にしなさいね」

「もちろんっチュウ！　ユキママはたいせつなママチュウ！」

……うん。これはヤバい位のやつだ……断ち切ったら最後、滅茶苦茶荒れるやつ。

（大丈夫！　チュウタローは私のさいしょの子ども！）

「そう。仲良くね」

うん。チュウタローのメンタルを補完したのか……チュウタローが幸せならこれで良いのかもなぁ……


「エリーゼ様！」

ハッ！　パチパチッと目を瞬かせる。ヨダレ……は垂れてないな？　うん。リコは膝の上で寝てる。アニスはちょっぴり怒ってる？

「うん、ゴメン。寝てた」

ちょっとだけ困った顔でやれやれという心の声が聞こえる。

「あちらのワードローブにいらして下さい。一度は見て頂かないとメイド達を帰せません」

アニスの後ろに控えるメイド……沢山居るな……皆神妙な顔で私を見てる。リコを抱っこして歩きだす。

ワードローブ到着！　ギッシリ詰まってます！　量が凄いね……いや、前世では有名量販店でカゴいっぱいに服を買ってたけどあの感覚でドレスを仕立てたらこうなるだろうなって絵面ですけどね。一日に昼間と夜でドレスを替えたりする訳だしね。私の場合昼間は軽装のパンツルックにするけどね！　夜は一応ドレス着ますよ！

「アニス。この紫のドレス、今日の晩餐で着るから出しておいて頂戴。後、エメラルドのお飾りが何種類かあるでしょう。ちょっと出してくれる？」

「畏《かしこ》まりました。こちらのドレスをこちらのハンガーに」

「はい」

アニスが命じるとメイドの一人がドレスを出してハンガーに掛ける。アニスはエメラルドのお飾りが入ったビロード張りの箱を幾つも出して来る。大きめのカボッションのネックレスに合わせたセット、雫型の繊細で美しいセット、ローズカットの豪奢なセット……様々な形にカットしたエメラルドを配置したセット……

「如何なさいますか？」

「そうね、この雫型のにするわ。晩餐会の後は夜会になるでしょう？」

親睦を深める為には当然の流れだもの。

「畏《かしこ》まりました。靴は合わせの物があるので、それで宜しいですね」

紫色の皮革とビーズで造られた靴。ドレスと合わせて造られた物。

「ええ」

ドレスもお飾りも決まった。後はお任せです。さて……アニスに発破をかけるか！　笑顔でアニスを見つめる。

「アニス、今日はうんと私を飾り立てて頂戴」

パアァァァ！　と笑顔になりました。テンションアゲアゲです。今まで割と抑え気味だったからな……思いきりやってチョーダイ！

「勿論です！　エリーゼ様は王国一の令嬢なんですから！」

気合入れすぎたか？　ま、良いか。今日はうんとおめかしして、好きな人にうんと綺麗な私を見て貰いたい。初めて会ったあの日が最高だったなんて思って欲しくない。

「ええ、頼んだわ」

「はいっ！」

朝しっかり食べたし、晩餐会まではほんの少し軽食が取れれば良いかな？　お昼寝中のカワイコちゃん達が起きたら、再度島送りです。ドレスの時は仕方ないです。ご飯も島で食べて貰わないとなー……

ドレスもお飾りも選択したし、後は磨かれるだけ……

居間に戻り、メイド達を労うと彼女達は笑顔で一礼して退出していった。

「エリーゼ様、私少し母さまの所に行っても宜しいですか？」

「良いわよ。まだ皆起きてないから」

「ありがとうございます。では少々失礼します」

頭を下げてサッと部屋から出て行った。何かしら？　急にエミリの所に行くなんて。珍しい。腕の中のリコは目が覚めたようだけど、大人しく抱かれてる。

（ナビさん。明日の朝か昼前まで皆を島に送るけど良いかな？）

〈勿論です、マスター〉

（食事はタマとトラジにお願いするけど、材料は私の収納から出しても良いから）

〈畏《かしこ》まりました。チビナビ達も一晩一緒なら喜ぶでしょう。仲が良いようなので〉

（そうね。チュウタロー は島で変わったわね。何かあったの？）

〈チュウタローがリコに嫉妬してバカにした事で対決しました。リコが勝ったのですが、その事でチュウタローが酷く落ち込み、ユキがチュウタローと話してユキがチュウタローの母親役になったのです〉

（なる程……それでチュウタローのメンタルが落ち着いたのか）

〈はい。そしてユキのおかげでチュウタローとリコは仲直りし、他の仲間との亀裂もなくなったように感じます〉

（他の仲間との亀裂？）

〈はい。僅かですがありました。まだ幼いリコに厳しいチュウタローに、皆少々思う所があったのだと思います。少し距離を取っていましたから〉

(そう……でも解消したのよね？)

〈はい〉

「エリーゼ様！　お待たせ致しました！」

(ナビさん、情報ありがとう)

〈いえ。伝言確かに承りました〉

息を切らしながら戻って来たアニスが少しだけおかしくて笑った。

「では湯あみの準備を致しますね！」

パタパタと走って浴室に消える。アニスの声でユキ・タマ・トラジ・ヒナ・チュウタローが起きる。

「皆、起きたかな？　リコは起きてるよね？　今から夜中まで忙しくなるから、皆には島に行って貰います。明日には呼ぶからね。今夜のご飯はタマとトラジが皆のを作ってね」

「はいにゃ！」

「わかったにゃ！」

「じゃあ、皆島で仲良くね」

手を振って島に送り出す。その後ソファから立ち上がって浴室に向かう。

「アニス。皆は島に送ったから明日まで宜しくね」

気合の入ったアニスにどこもかしこも洗われ湯に浸かって温まった後、台に寝そべりゴッリゴリのマッサージを受けてます。

「クッ！　……たた……ぐ！」

香りは良いけれど得体の知れない油が塗りたくられ、固まった筋肉がほぐされてますが声が出ない程痛いです。世の貴族女性達はこんな拷問染みた事されてんのか？　死ねる！

「エリーゼ様！　おみ足がカチカチです！　念入りにやるので耐えて下さい！」

本気か！　今までだってかなり痛かったのに、これ以上痛くなるの？　アニスの片手が足首を掴んでふくらはぎをグッと下から上に力を入れて移動して！

「痛ーーーいっ！　痛っ！　ちょっ！　痛っーーーー！」

移動……痛……滑りが良くなってるから、ググググ！　と膝裏の辺りまでゆっくり上がって行くけど、こんなに痛いとか辛すぎる。これって俗に言うリンパマッサージ？　ツラ！

あ、ちょっとだけ優しく揉まれてる。

「仕方ないですね。でも、ダメですからね。あっちこっちがカチカチなんですから。しっかり揉みほぐして柔らかい体にしておかないと！」

アニスの言う事はもっともです。あんまりカチカチだと良くない事くらい分かってます。

「はい」

再度揉みほぐされクタクタになる。グッタリです。

「エリーゼ様、湯にもう一度浸かって下さい。そのままで構いません」

無言で頷き、深い浴槽に浸かりに行く。香油まみれなのに良いのかしらチャポンと浸かると体から力が抜けて楽になる。さっきと何か違う感じがする。アニスが浴室から出て行く音が聞こえる。

ボンヤリ浸かっていたらアニスがお盆の上にポットとグラスを載っけて来た。

「エリーゼ様、お水をどうぞ。飲みやすい果実水です」

有難く頂く。一杯だと足りなくて二杯三杯と飲んでしまう。飲み終わるとアニスは笑顔で持って行ってしまう。すぐに戻って来たアニスは布を持って来た。

「さ、お湯から上がって下さい。また、揉みほぐしますからね」

体を拭かれ台に行き再度香油を塗りたくられ、揉みほぐされました。今度はあまり痛くありませんでした。私グッタリ、アニスは汗ビッショリで終了しました。最後に洗い用の浴槽に入れられ頭のてっぺんから足のつま先まで洗われ、体を拭かれ居間のソファに連れてこられ冷えた果実水を再度出されました。

「ゆっくりお水を飲んで体を休ませて下さい。その間に私は浴室を片付けて参ります！」

そう言うと、アニスはサッ！　と自分の部屋に行き手荷物を持って浴室へと消えました。

気怠い時間をボンヤリと過ごす。何も考えず、時折水分補給しながら休むこの時間の尊さ……

「エリーゼ様、お待たせいたしました！」

チーン！　尊い時間終了です。鼻息荒い専属侍女アニス登場です。

「さあ！　お仕度を始めましょう！」

チラッとマップの時計を見る。うん、三時半越えてる。深呼吸をして立ち上がる。

「お願いね」

「はい！」

寝室の一角にある着付けスペースに向かう。

ドレスも靴も用意されてる……その向こうに見えるコルセット……ともっこふんどし。あれ？

チラッとドレスを見て思い出す。そうだ、これクリノリン要らないやつ！

衝立《ついたて》の中に入ると身に付けているものをスルスルと取られる。もっこふんどしを穿かされるけど、このもっこふんどしローライズみたいなやつやん！　しかもユルーく縛られた！

「では、コルセット付けましょうね！」

キターーーーーー！

「はい、跨いで下さい。よっ！　と……」

跨いで分かる長さ……胸の丁度半分位に引き上げられ、軽く絞られて行く。本番は今からよ……

ギッギッギッ……と引き絞られる。

「エリーゼ様！　息吐いて！」

息を吐いて、浅く呼吸をする。何度も何度も締め上げられても、まだアニスの手は止まらない。

「よし！　仕上げに入りますよ！」

ガッ！　と尻にアニスの足が当てられる。靴を脱いでる分、フィットしてるので逃げようがありません。グッ！　と体重を掛けられる。

「はっ！　……あ……」

まともに息が出来ない。終わるまでの苦しさだけど、ホント辛い。足が外され細い棒を差し込まれ調整される、その一時に息を整える。

「んっ！　は……ぁ……」

足が掛けられ絞られ又足が外され再度、調整される。まだ……終わらないのか？

「お待たせ致しました。ドレスを着付けましょう」

終わった。クルクルと動き回るアニスの姿を見て、心の中でイキイキしてんな……とか思っちゃう私は悪い主かも……でもやっぱり苦しい。めっちゃ腰細くなってるけどね！

「あ、いけない！」

何かと思ったらもっこふんどしの位置が直され、コルセットの上で縛りなおされました。

「エリーゼ様、こちらに足を入れて下さい」

広げられたドレスの真ん中に足を入れる。これでドレスになるのね。と思ったら薄手の生地が何枚にも重ねられた巻きスカートみたいなのを着けられました！

「寒くなるといけませんからね！」

ああ……ドレス用腰巻きか。確かに温かい。タイツとか無いものね……

ドレスが引き上げられ、背中のボタンが留められていく。

アニスの細い指があちこち動いて微調整してくれる。体にピッタリフィットだけど、シルエット重視の微調整は大切な仕事でアニスは真剣です。私もあちこちの肉とかグイグイされてますけど、スタイル重視で耐えます！　だって、本気の私を見て欲しいんですもの！

「エリーゼ様、大丈夫ですか？」

「え……ええ」

なんの確認？　って思ったらグイッと乳が寄せられました！　只でさえピッタリフィットな所に無理くりを指突っ込まれてグイグイ寄せられて、私涙目です！　マジ痛い！　ちくしょう！

終わって見てみた胸の谷間は恐ろしい事になってました……破壊力抜群です！　ブラボー！

「素晴らしいです！　エリーゼ様！」

「あ……ありがとう、アニス」

「これを見て陥落しない殿方はまさに用無しです！」

ガーン！　なんて事言うのよ！　女の子がそんな事言っちゃやダメェ！

「さ、エリーゼ様。こちらに座って下さい」

四角いシャレオツな布張りのスツールを指し示され大人しく座ると、アニスは靴を持って目の前に跪く。私の片足を両手で愛おしそうに持ち上げる姿は倒錯的で目眩《めまい》がしそう！　百合です！　紛う事なき百合な絵です！

跪いた侍女のお仕着せの上とは言え膝の上に足を置いて靴を履かされるとか……いや、コルセットがキッすぎて体を曲げられないから仕方ないけど！　どんだけ締めたんだよ、コルセットォ！

「はい、よろしいですよ」

百合属性の人が見たらキュンキュンするような時間はあっという間でした（笑）。サッと立ち上がったアニスが手を差し伸べてきます。立つための補助です。アニスの手を取り立ち上がります！

そのまま手を引かれ化粧台へと連れて行かれます。鏡に映る私はいつもよりほっそりとした、どこに出しても恥ずかしくない令嬢になりかかってます！　マジです！

椅子に座るとアニスの目がキラーン！　と光りました！

髪にシャッシャッとブラシが掛けられ、サイドを編み込まれたり色々されて結いあげられていきます！　自分では何も出来ません！

頭部の下にピンとか色々つけられてますけど、アニスに任せた以上口は挟みません。

鏡の中の私にネックレスが着けられ、ピアスが着けられ、バングルが嵌《は》められる。

最後に繊細なデザインのヘッドジュエリーが着けられる。ティアラとは違って、少し揺れる感じがお洒落な感じがする。

青銀色の私の髪にエメラルドの煌めきはなんだか落ち着いてるような爽やかなような、そんな色合いで悪く無い。ドレスの紫色も普通の紫色から足元に行くにしたがって濃い紫色になっていく。

銀糸の絡まる蔦《つた》のような刺繍が下から上に向かって入っていて上品な造りになってる。上の方は小さな花が刺繍され花心には薄い黄色の小さな宝石が縫い付けられている。生地も糸も上等なドレス。映画の中に出てくるお姫様のような姿。

「お綺麗です」

たった一言だけど、鏡に映るアニスはやり切った笑顔でした。

「アニス、ありがとう」

鏡越しに微笑んで礼を述べる。いつも振り回してるけど、ずっと付いいててくれてる大切な専属侍女。アニスが本当は毎日私を磨き上げ、うんと着飾らせたい事は分かってる。分かってるけど、私は私らしく生きたい……着飾る事はやろうと思えばいつでも出来る。でも、着飾るよりやりたい事がある。ハフ……と息を整える。

コルセットも馴染んでくれれば、苦しさは軽くなる。薄くて軽くて丈夫な素材で造られたコルセットは、最高のボディラインにしてくれる特注品だ。特に背面の腰部の絶妙なカーブはちょっとエロい位。てか、このコルセットは、長くて薄手の靴下が発明された暁《あかつき》には靴下止めを付けたらもっとエロくなると思う。

「あちらでゆっくりしてましょうか」

まだ時間はある。居間でくつろいでいても良いと思う。立ち上がり歩き出す。アニスはパパッとクリーンの魔法を使うと足早に私の後ろを追って来る。それにしてもクリーンの魔法、超便利！

居間のソファに座り、ゆったりとした時間を……

コンコンコン！

「なんでしょう？　行って参ります」

誰かが訪ねて来るような状況じゃないのに何かしら？　応対しに行ったアニスがジムと女性料理人数名を招き入れました。うん？　なんだ？　晩餐の準備に追われてるんじゃないの？

「お嬢、調味料が足りやせん。後、お嬢……何か上等な酒を隠し持ってると聞きやした。出来れば出して下さい」

地獄耳！　くっ！　誰だ！　ジムにチクった奴！

「奥様から食前酒にと言われました」

お母様かぁっ！　クッ！　出すしか無いじゃないかぁ！　梅酒のストックが結構あるから、良いけど……お母様めぇ！　そんなに気に入ったのか！

「分かりました。調味料は何がどれだけ要りますか？」

ジムの希望通り収納から梅酒と調味料を出して渡すとサッと出て行きました。それにしても、砂糖を出した時の女性料理人達の笑顔。やっぱり女子はスイーツだよね。ジムは今まで料理長として私がぶん回したから、それなりにスイーツを作れるようになってる。何を作ってくれるんだろ？　ある意味楽しみ～～。オリジナルとか作ってくれたら面白いけど、色々作ってきたからなぁ……

それにしても乳製品欲しい……まだ雪が降ってないようだけど、この辺りは豪雪地帯でもなんでも無くて底冷えする地域なんだよね……大山脈は豪雪地帯だから雪が多いんだけど、こっちは下から冷えるんだよなぁ……早くサテュロス（雌）をゲットしたい……

外が薄暗くなってきて、アニスがカーテンを閉めていく。重そうだけど、重くないです。ウールじゃない毛織物です。カーテンが閉まると窓からのジンワリ来てた外気が遮断されます。寝室のカーテンも閉めてくると、居間に設置してある暖炉に近付き魔道具に魔力を流して部屋を温める。

「エリーゼ様、楽チン便利な人気商品ですよ！　誰か呼びに来るまで待っていましょう」

「そうね」

「旦那様からは伺っておりませんが、母さまがエリーゼ様と部屋で待機するようにと言っていました」

……お母様がエミリにこっそり指示なのかな？

「そう、分かったわ」

黙って待っておこう。うん。紅茶でも飲んで待ってよう。そうしよう。

「アニス、お茶を」

「はい」

紅茶をゆっくり一杯飲み終わった頃、丁寧に扉がノックされる。アニスが対応する。来た者に静かに礼をすると、扉を開けたまま私のところに来る。

「エリーゼ様、皆様お揃いになったので大広間へお出で下さるようにとの事です」

大広間。あのやたらと広い広間で晩餐会か……料理人も使用人も総動員でか……頑張ろう。

カップを置いて立ち上がると、アニスが静かに一歩下がる。優雅に歩き出して、廊下に出ると執事長のハインツが待っていた。

「エリーゼ様、大広間にて旦那様を始め寄子《よりこ》貴族の皆様がお揃いでございます」

「お父様とお母様が先に待っていらっしゃるのですか？」

「はい。さ、参りましょう」

ハインツの先導で大広間へ向かう。階下に降り、通路を進む筈が違う扉を開け案内される。

「本日はいつもと違う扉から入って頂きます」

知っている通路に出て来て一安心したけれど、この通路は新館……今は違う呼び名になったかも知れないけど。他の館に続く通路で……ロビーには着飾ったルークが居た。

驚いた顔のルーク……でも、きっと私も驚いた顔になってると思う。あの格好は第三王子の婚姻成立の祝いの席で見た格好よりも、遙かに格式高い……皇子の正装なのだと分かる。

黒い上着にゴルゴダ皇室を表す紋章の刺繍が右胸に、個人の立場を表す勲章や帯が左胸に。母方の紋章とご母堂に与えられた特別な紋章が象《かたど》られたブローチが左胸の個人の勲章の下に付けられ、皇子に与えられた紋章が両腕に刺繍されている。太いベルトに帯剣、真っ白な手袋……黒いスラックスに真っ黒なブーツ。ブーツの踵は金色に輝いている。

カツカツと音を響かせて近付いてくるルークは誰もが見惚れるだろう男前だ。いつもみたいな荒くまとめた髪じゃない。梳《くしけず》り、きっちりと縛り上げた髪の後れ毛がゾクゾクするほど色っぽい。

「綺麗だ。俺を見初めてくれてありがとう。一生側に居る。一生だ」

胸が熱くなる。泣きたくなるほど嬉しい。手を掬《すく》い上げられ、口付けを落とされる。

「お二人とも、準備は宜しいですか?」

ハインツの方を見て驚いた。いつもはそこにタペストリーが飾られていた。今はそのタペストリーが外され、大きく豪奢な彫刻が彫り込まれた美しい扉がそこにあらわれていた。

婚約式

控えめなノックをするハインツ、ノックが返され僅かに扉が開かれる。

ハインツがその僅かに開かれた扉をゆっくりと開き、開ききった所で深々とお辞儀をし中へ入るよう促される。

私の手を引き、笑顔でエスコートするルークについて行く。

扉の先に見えるのは家族と寄子《よりこ》貴族、そしてドワーフの長夫妻とエルフの長夫妻。全員が立って迎えてくれた。アレク以外の側近達と専属侍女達は扉の脇で頭を下げ手を胸に当てていた。

数段高さのある壇上は今まで知らなかった場所……そこに私達は立っていた。

「エリーゼ様、本当に美しくなられました。我ら一同、本日を心待ちにしておりました。さ、お進み下さい」

アレクはそう言うと一礼して扉の脇へ移動する。私の後ろにいたアニスと共に。

ルークと共にそのまま数歩進む。

正装したお父様とお母様が一番前の席から階段を登ってやって来る。エスコートをしてるけど、本来なら空いている筈の手には小さく美しい足つきの杯を持っていた。

「エリーゼ。今まで見た中で一番美しい。私の自慢の娘だ。いつまでも私の手元で咲き続ける花で居て欲しかった。我が最愛の妻と同じその瞳が曇らぬよう婿となるルークには誠心誠意、仕え愛して欲しい」

「勿論です。私は一生側に居て、この美しい花が枯れる事無く咲き続ける事を望み努力致します」

「あい分かった」

お父様、プレッシャーかけ過ぎです！　でも、お父様もルークも格好いいです！

「エリーゼ。良かった……貴女の幸せは母の幸せです。安心なさい、そこの男が詰まらぬ事で貴女を泣かすような事があればこの母がありとあらゆる手を使って性根を叩き直しますからね」

ちょっ！　お母様！

「それだけはお許し下さい」

ルークも即答ですか！　両親二人とも圧をかけるのですか⁉

ホホホ……とお母様も笑わないで下さい。ゾクゾクします……寒気で。

「では、良いかな？」

お父様がキリッと男前モードになりました！　格好いいです！　さすが私のお父様です！　私の大好きな渋格好いいお父様です！　お母様のエスコートをやめ、カツリと皆の方へ体の向きを変えゆっくりと見回す。

「今宵は皆の者、良く集まってくれた。今日は皆に我が娘エリーゼの婚約者を披露ようと思う。

ルーク、私の隣に」

お父様に呼ばれ、私はルークからソッと手を外す。ルークと顔を見合わせ笑顔で頷く。カツカツと靴音を響かせ、お父様の隣に歩を進めたルークは堂々としていた。

「こちらが我が娘エリーゼの婚約者、ゴルゴダ帝国皇太子子息第五皇子ルーク殿下！　帝国より我がオーガスタ王国シュバルツバルト侯爵家へ婿入りして下さる！」

オオォォォォッ！

お父様の宣言に部屋中の皆が大きな声で応える。でも、その声はすぐに静まり視線はルークに注がれる。

「ゴルゴダ帝国皇子ルークである！　此度、エリーゼ・フォン・シュバルツバルト侯爵令嬢との婚約は私にとって僥倖《ぎょうこう》以外の何ものでもありません！　私は一生をもってエリーゼ嬢の幸せを願い、また努力を怠らない事を婚約する今この時に誓います！　どうか私がエリーゼ嬢の側近くに侍る事をお許し頂きたい！」

シーン……え？　ちょっと、嘘でしょう……

「「「「うおおおぉぉぉぉぉーーーー！」」」」

さっきより大きな声が響き渡ります。

「二人の婚約を祝して乾杯！」

「「「「乾杯！」」」」

お父様の号令で皆が乾杯と叫び、小さな杯を一気に呷《あお》る。お父様もお母様も杯を呷《あお》る。

「ぬ？　この酒は甘いが美味《うま》いな！　しかも強い！　良い酒だ！」

お父様、小声ですけど聞こえてますから！

「ハインリッヒ、これは梅酒というお酒ですわ。私のお気に入りですのよ」

「そうか。ルークは俺の隣だ」

「エリーゼ。エリーゼは私の隣の席よ」

壇上から下がった所に皆を見るように設置された席に椅子は四席。二席はお父様とお母様の席でセンターにある。その横の席が私とルークの席ですかそうですか。お披露目ですもんね、良く見えるようにですよね。

お父様は杯を持ったまま、お母様の隣に立ち手を差し出すとお母様は微笑みながら手を乗せる。お父様は幸せそうにお母様を見つめ、目尻を下げるとゆっくりと階段を降りて行く。

「エリーゼ。やっと正式な婚約者になれた。これで一安心だよ」

本心だろう。私を見つめる目が蕩《とろ》けそうに甘くて優しい。手を差し出され、嬉しくて笑顔で手を乗せる。一度だけキュッと手を握られ思わず顔が赤くなってしまう。反則です！　もう！

「行こう。義父上と義母上が待っているぞ」

ルークのお父様とお母様の呼び方が変わる。

「ええ」

ルークのエスコートでお父様とお母様のもとへ歩んで行く。

キャスバルお兄様もトールお兄様も優しい目で私達の事を見つめている。

私達の婚約を祝う晩餐会はあっという間に終わりました。

お父様とルークはコソコソと小声で話してます。地獄耳は発動しません。

「エリーゼ。この後は大広間を開放して夜会が始まるわよ」

は？　……大広間、いつもと違うと思ってたけど……あの不自然な緞帳？　か何か、あれで仕切っていたのか。てか、だいたい私大広間には片手でおさまる位しか入った事無かったし！　そうか……いつもと違う入り口で、見える風景の違いで良く分かって無かったのか……

多くの使用人が手早く片付けていく。その様子をお父様とお母様が壇上から見ている。

私とルークも大広間を見下ろしている所にお兄様達が壇上に上がって来る。

「綺麗だよエリーゼ。こんなにも綺麗だと、本当にあの王子にやらなくて良かったと心底思うよ」

うん、キャスバルお兄様いい加減にしてください。疲れてるんですか？

「全くだね。エリーゼが領地に戻って婿を貰う事になって良かったよ」

トールお兄様もお口が滑りまくりですよ。

ラッパが鳴るといつも出入り口に使ってる扉がドーンと開き令息・令嬢がワラワラと入って来ました！

「エリーゼ。ルークと共にファーストダンスを踊って来なさい」

「お父様……」

お父様から踊って来いとな！　マジで認めたのね！　父親特有の娘婿グヌヌ……じゃないのね！

お母様も微笑んでくれてる。

「エリーゼ」

ルークが手を差し出して私を待ってくれてる。何も言わずルークの手に私の手を乗せると、そのまま壇上から降りていく。

大広間に鳴り響く音楽……ルークのリードでダンスを踊る。この時代というか、この世界のダンスは社交ダンスというよりマイムマイムみたいな踊りを踊る。パートナーが決まってる者は相手が代わらないのだけど、パートナーがいない者はクルクルと相手が代わる。踊るエリアが違うのです。

ルークのリードはとても踊りやすい。きっと幼少期から沢山練習したんだろう。いつもあの王子だったから、本当踊りやすい！　ヤバい！　楽しくなってきた！　ついつい笑顔になっちゃう！

「エリーゼ、楽しそうだな」

近付いた瞬間耳元で囁く。ゾクゾクするから、止めて欲しい。

「ええ、楽しいわ。私、ダンスは今までたった一人の方としか踊った事がなかったのよ。分かるでしょう」

「そうだったな」

笑い声を含んだ声が降ってくる。触れる手と手が気持ちを盛り上げる。チラチラと合う目線が気

持ちを伝えてる……多分。

楽しい時間はあっという間だわ。音が鳴り止み、ファーストダンスは終わりになる。ルークに連れられ壇上の席へ戻る。

新たな音楽が鳴り出し、今度はお父様とお母様が降りていく。お兄様達も降りてパートナーのいない人達の群れに向かった。

頬を染めて踊る令嬢達をとっかえひっかえしつつ踊るお兄様達を遠い目で見つめる。

「俺にはハーレムを築き上げて踊るリア充が二人見える。気のせいだろうか？」

ルークも遠い目でお兄様達を見てました。小声だけど、分かります。

「気のせいではありません。本日、令嬢達のテンションを爆上げしてるリア充が二人います」

「そうか」

鳴り止まない音楽、クルクルと踊るお父様とお母様。そして次々と令嬢を撃沈していく兄二人。長丁場になればここは戦場となるに違いない。

音楽が鳴り止み、お父様とお母様は帰って来ました。お兄様達は現場で囲まれてます。令嬢は理解出来ますが、夫人が混じっておいでなのは可哀想としか……いや、男……オッサンばかりで屯《たむろ》っているので良いのか。

だが屯《たむろ》ってるオッサン達はチラチラとルークを見てるな……チッチッチッ……ピーン！　これはアレだ！　あのオッサン達はルークの側近に自分達の息子をつけたい人達に違いない！

「ルーク。自分の息子を側近にしたいパパ達がちょいちょい様子を窺ってるわよ」

「あのオッサン連中か……側近の必要性は実感したが、オッサン連中の息子って事は行く行くはあなるって事か……」

あえて言おう。ガチムチ系だがイケメンだった人と細マッチョ系イケオジの混合です。容姿は整った人ばかりです。

「悪くないと思うわよ。ダメ？」

「いや……ダメじゃないけど、想像つかんな」

「む、ルーク。側近候補の話か？　通達は出したが、今回は中々肝の据わったのが来そうだぞ」

「肝、ですか」

「魔物と対峙した時、逃げたり腰が抜けたりするようでは死ぬだけだからな」

やっぱりソコですよね。ヘッピリーは使えませんものね。

「そうですね。連携がとれなければ良くないですからね」

（一人で乙るならまだしも巻き添えアボンはマズいな）

心の声が聞こえた？　副音声か？　思わずルークを凝視しますが笑顔が返ってきました。私の気のせいか……なんて恐ろしい。

「全くだ。ルークはテイムしたノエルとルチルが居るから、戦力としては十分かも知れんが側近は必要だからな」

「ええ」

「まだ暫く候補の選定に時間が掛かるが、楽しみにしておいてくれ」

お父様、私も楽しみです！　ルークの側近にどんな方が来るのかワクテカです！　ハッ！　視線が痛い！　……ホホホ、ルークに睨まれてました。

「色々分かるけど、そんな期待に満ちた顔をされると複雑」

「あら、私のアニスと同じ立場の者が出来るのだもの。色々思う所はありますわ」

不思議なんだけど、異性じゃないってだけで気の持ちようが違う。もしルークの側を女がウロチョロしてたら、ウッカリ全力グーパンチしてしまいそうだわ。後、側近でもない男もイラッとするかも。うーん……なんだろう何がどうして違っちゃうのかしら？　存在意義の差かな？　本気度の違い？　謎だわー（棒）。

「そうか……そう言われればそうだな」

「ホホホ……何を言ってるのかしら？」

「スマンかった……」

うん、ルークの顔が尊いものを見るような顔になったので触れないで放置です。

賑やかな大広間のホール。視界の端のマップから幾つかのマーカーが消えた。消えた方角を見ると一目瞭然、側近と侍女達が大広間から消えました。彼等彼女等は今から夕食です。

「エリーゼ、踊ろう」

「そうね」

エスコートされて踊りの輪の中へ進んで踊る。前世、私は祖父と踊るのが好きだった。祖父のリードは優しく力強くて不安を感じた事は一度だって無かった。

しわくちゃのお祖父ちゃんだったけど、お出かけの時はパリッとしたフルオーダーのスーツを着て、同じ様に特注の帽子を被って格好良かった。広くて立派な祖父の家……。祖母が生きていた時は奥の洋館のダンスホールで祖父と祖母は踊っていた。

祖父は私の初恋の人だった。

古いセピア色の写真の中の若かりし祖父はイケメン俳優かと思う程格好良くてドキドキした。

別の写真に若かりし祖母と一緒に写ってる写真があったけど、祖母も凄いお嬢様でなんでこんな山ばっかりの田舎にと思って祖父に聞いた。

祖父は帝大を卒業して大好きな祖母を攫《さら》うように駆け落ちしたんだって教えてくれた。

大好きな祖母の為に祖母の実家にあったバラ園を模したバラ園も造ってた。

祖母が亡くなった後、祖母を懐かしんで欲しくて私が祖母のドレスを着てお祖父ちゃんにねだって踊ったワルツ。前世は辛い事もあったけど不幸じゃなかった。

「エリーゼ、二人きりになれる所はあるか？」

何かしら？　コクリと頷くとルークは私の腰を抱き寄せて踊りの輪から外れて行く。

「どこ？」

「入った所の扉から出た先に回廊があるわ」

誰もいないロビーを抜け回廊へ続く扉をくぐり抜けると美しく整えられた中庭を愛でる回廊になってる。この中庭は温室になっていて鉄製の支柱とガラスで出来ている。

回廊から中庭に入るには四方にあるガラス戸を開けて入って行くしかない。

ずーっと無言のルークが少しだけ怖い。

中庭の中央に噴水が造られ、その噴水を見る様に鉄製のベンチが四方に置かれてる。

冬でも花を愛でられる様に造られた中庭は温かく花の香りが漂ってる。

ベンチの一つに座らされ、隣に座ったルークが顔を覗き込んでくる。

「エリーゼ。そんな悲しそうな顔をしてどうしたんだ？　訳を知りたい」

訳も分からず見つめたルークの顔があっという間に滲んでボヤけて……ダメだと思うのにポロポロと涙が溢れた。

「エリーゼ！」

滲むルークの顔が苦しそうに歪んで見える。抱きしめられてルークの鼓動が聞こえる。

「あ……あの……ごめん……なさい……」

「謝って欲しい訳じゃない！　何を考えてた？　何を思ってた？　頼む！　俺には言えない事か？力になれない事なのか？」

苦しそうな切羽詰まった様な声。ルークの腕の中、首を振って違うんだとアピールする。

「前の……前世の初恋を思い出したの」

言った瞬間キツく抱きしめられたかと思ったら息ができなくなる様な深いキスをされた。

なんで？　どうして？　止まらない涙とルークの腕の強さに何も分からなくなった。

気がつけばルークの腕にもたれ掛かって、ぼんやりとした頭で月灯りを受けて輝く噴水を見つめていた。

ドッドッドッ……と聞こえるルークの鼓動と温かい手のひらの熱が肩から伝わって気持ちが少しずつ凪《な》いでくる。

「……心の狭い男だって、笑ってくれて構わない」

何を言ってるのだろう？　なんでそんな事を言うのか分からなくて顔を上げて、ルークの顔を見つめる。

「エリーゼの……前世の初恋の男がまだ、心の中にいるんだと思ったら止まらなかった」

「忘れるのは無理だわ」

絶望的な顔をしたのでクスリと笑う。

「だって私の初恋の相手は祖父だもの」

ビックリ顔になったルークを見て、クスクスと笑う。

「中学で両親を亡くして、高校で祖母が亡くなって。それからずっと祖父と二人暮らしでね……祖父はね、いわゆるモボって言われる人だったと思うの。あー……モボって言っても良く分からないか。モダンボーイの略でね、祖父が若かった当時、まだ西洋文化がそんなに浸透してなかった時代にスーツを仕立てて、カフェに行ったり……写真も沢山あるのだけど……なんて言うのか現代日本にいても違和感が無いと感じる位格好良いのよ」

何も言わずに私の言葉を待ってくれるルークにポツポツと祖父との暮らしを話した。話し終えると、大きなため息をつかれて少しショック……

「エリーゼの前世って、田舎だからオバチャンっぽいけど規模とかなんとか考えたら凄いお嬢様だったんだな」

そうかな？　いや、そんな事ない筈！　キュとルークの両手が私の両頬を包んで見つめ合う。うう……なんで、ジト目なの？

「自覚なしか。働かなくても良い程の資産がある時点でお嬢様だろ？」

「違うもん！　チョコチョコっと資産運用のやり方を教えて貰って、その通りにしてただけだもん！」

「そのチョコチョコがチョコチョコじゃないぞ。かなり専門知識ないとダメなやつだからな。全く……爺さんの実家の名字とか有名そうだな」

「有名だよ。××家だもん」

「は？　え？　マジで？」

「うん。お祖母ちゃんは○○家だし」

「マジかよ……でも、そうか……だから駆け落ちしたのか」

「うん。難しいね。ね、ルークはワルツ踊れる？」

ルークが静かにベンチから立ち上がり、姿勢を整えてから手を差し伸べる。

「エリーゼ姫どうぞ。私とワルツを踊って頂けますか？」

ルークの手を取り立ち上がる。音楽は無いけど、滑るように踊り出すルークのリードで今世初めてのワルツを踊る。

ルーク、ワルツ踊れるんだ。しかもリードが結構上手い、お祖父ちゃん程じゃないけど。

ずっと……ずっと私の祖父じゃない誰かと踊りたかったワルツ。また、涙が溢れてきちゃって困るけど拭かずに踊り続ける……つもりだったのに、急に止まって抱き締められて……覆い被さられて涙を吸われた。

「や……」

「や！　じゃない。拭いたら跡がつくだろう」

イケメンはズルイ！　こんなことされたらただただされるがままでいるしかないじゃない！

誰も居ない中庭で二人っきりでワルツを踊って、涙を吸われてどうにも居たたまれなかったのだけど、またベンチに座ってます。勿論、隣にはルークが居ます。

「ねぇ、もう大広間に戻りましょう」

「ん？　ダメ」

すんごい笑顔で拒否られました。特に会話も無いのに、抱き寄せられて頭を撫でられてます。

「でも、私達主役なんですけど」

「じゃあ、後少しだけ」

……子供か……後五分の法則はダメよ！　少したったら、また後少しって言うやつでしょ。

「後少しは一回こっきりです。後五分もダメです」

「……ダメか……」

私を抱き締めたままブツブツ言ってもダメです。

でも抱き締められて頭を撫でられて、悪くないです！　悪くないです全然！

私が冷静なのは噴水の向こうの木の枝に居る、お母様の風の精霊（鳥型）アリエルとバッチリ目が合ってるからです。ルークは気が付いてるのかな？

「ねぇ、ルーク……そろそろ戻りましょう」

「早いよ」

「そうね、言いたい事は分かるけど監視されてる事に気が付いてる？」

「え!?」

慌ててキョロキョロし始めたと思うと、ビクン！　と止まりました。うん。アリエルと見詰め合っちゃってますね。

「分かった。戻るよ……さすがに命が惜しい」

ガックリと項垂れました。ルークが。それにしても、命が惜しいって……そんな……いや、有り得るか（笑）。

「さ、戻りましょう。もう、良い時間だもの。後二、三曲踊って下がろうと思うのだけど」

「お開きには早いだろう？」

「ん？　私の中ではそろそろ部屋に戻る時間よ」

うん。今日は特別な夜だしね。

「分かった」

ルークが先に立ち上がって私が立つのを手助けしてくれる。別に一人でも立てるけど、ここは男性の顔を立てるために待つのが正解でございます（笑）。

そのままエスコートされて大広間へ戻る。ルークとダンスを立て続けに三曲踊り、お父様とお母様に先に下がると申し出てアニスを待って退出する。

退出する前に気が付いたお兄様達が壇上にやって来て、お休みの挨拶をして大広間から出る。

アニスと一緒に自室に戻り、ドレスを脱がして貰い湯あみは二人でゆっくり楽しみ一緒のベッドで寝ました。寝付くまでは数時間掛かりましたけど。そこはキニシナイ！

明日から領地で思いつく限りガンガンやるぞ!!　お酒造りはドワーフにやって貰うとして、サテュロスへ（雌）のテイムもあるしね。

　農作物の種苗も渡さなきゃだし、婚姻の準備もあるけど、料理とか元王都民の事とか……あれ？

私、忙しくない？　だっ……大丈夫かな？

　ま、でもなんとかなるさ！　今までだってなんとか出来たんだしね！

　それにルークもいるし、テイムしたカワイコちゃん達も増えたし明日は明るいさ！

　あーーっ幸せ♡　家族に愛され、ルークに愛され、カワイコちゃん達に愛され。愛され過ぎて幸せ爆発です！

　さあ、頑張るゾ！

ある日突然、自分が乙女ゲームの悪役令嬢に転生していると気づいたエリーゼ。テンプレ通り、王子から婚約破棄されたけど……そんなことはどうでもいい。せっかく前世の記憶を思い出したのだから、料理チートとか内政チートとか色々やらかしたい！ さっそくサクッとざまぁを済ませ、家族も国もみんな巻き込み、乙女ゲーム世界にあるまじき"あの料理"で飯テロを巻き起こして——!?

アルファポリス 漫画 検索

B6判／各定価：748円（10%税込）

この作品に対する皆様のご意見・ご感想をお待ちしております。

おハガキ・お手紙は以下の宛先にお送りください。

【宛先】

〒150-6008 東京都渋谷区恵比寿4-20-3 恵比寿ｶﾞｰﾃﾞﾝﾌﾟﾚｲｽﾀﾜｰ8F
（株）アルファポリス　書籍感想係

メールフォームでのご意見・ご感想は右のＱＲコードから、
あるいは以下のワードで検索をかけてください。

アルファポリス　書籍の感想　検索

ご感想はこちらから

本書は、「アルファポリス」（https://www.alphapolis.co.jp/）に掲載されていたものを、改稿、加筆のうえ、書籍化したものです。

婚《こん》約《やく》破《は》棄《き》されまして（笑）5

竹本芳生（たけもと よしき）

2023年 8月 5日初版発行

編集－馬場彩加・桐田千帆・森 順子
編集長－倉持真理
発行者－梶本雄介
発行所－株式会社アルファポリス
〒150-6008 東京都渋谷区恵比寿4-20-3 恵比寿ｶﾞｰﾃﾞﾝﾌﾟﾚｲｽﾀﾜｰ8F
TEL 03-6277-1601（営業） 03-6277-1602（編集）
URL https://www.alphapolis.co.jp/
発売元－株式会社星雲社（共同出版社・流通責任出版社）
〒112-0005 東京都文京区水道1-3-30
TEL 03-3868-3275
装丁・本文イラスト－封宝
装丁デザイン－AFTERGLOW
（レーベルフォーマットデザイン―ansyyqdesign）
印刷－図書印刷株式会社

価格はカバーに表示されてあります。

落丁乱丁の場合はアルファポリスまでご連絡ください。

送料は小社負担でお取り替えします。


ISBN978-4-434-32337-9 C0093